Edition : BoD – Books on Demand, 12/14 rond-point des Champs Elysées, 75008 Paris
Imprimé par BoD - Books on Demand GmbH, Norderstedt, Allemagne
ISBN : 9782322031627
Dépôt légal : juin 2013

Claire Arnot

Alicudi

Et autres nouvelles

Ce recueil se compose de nouvelles créées pour des concours littéraires en 2012 ; certaines d'entre-elles ont été primées, d'autres sélectionnées pour faire partie de recueils collectifs, toutes ont l'Italie en toile de fond, pays où je vis heureuse depuis 1989.

Je vous invite donc à musarder en suivant personnages et situations imaginaires.

Buonalettura !

« Lire, c'est aller à la rencontre de quelque chose qui va exister. »

Italo Calvino

« Un homme qui n'aime pas l'Italie est toujours plus ou moins un barbare. »

Félicien Marceau

Je dédie ce recueil à ma grand-mère Jacou qui un jour a dit à mon futur mari :

« Prends bien soin de ta femme parce qu'elle sait raconter des histoires… »

Avec toute mon affection

Alicudi

Premier prix de la Nouvelle Prix littéraire des Baronnies à Nyons en mai 2012

Quand il avait débarqué du bac, le dernier jour de septembre, il ressemblait ni plus ni moins à ces vieux touristes de l'arrière-saison qui viennent réchauffer leurs os au bon soleil de Sicile avant d'affronter l'hiver. Chez nous, à Alicudi, la plus occidentale des îles Eoliennes, on ne pose pas de questions. En tout cas pas directement. On n'est qu'une centaine entre l'artiste peintre, le hameau d'allemands et nous, les autochtones, à passer l'hiver sur l'île sans eau ni électricité.

On remarqua sa haute silhouette sur le port. Il portait un gros sac en cuir dans lequel, on le découvrit plus tard, il y avait une machine à écrire. Il parlait un peu italien. Il penchait la tête en souriant quand il posait une question. Il demanda où il pouvait loger. Tout naturellement, on lui indiqua la pension de Pina, ma mère, dans la montée de l'église. Il parut enchanté de la chambre blanchie à la chaux, le crucifix en bois d'olivier au -dessus du lit et surtout de la terrasse qui surplombait le toit. Comme tout le monde, nous y étendions nos draps, y faisions sécher des câpres, des tomates et surtout y récoltions l'eau de pluie.

Laszlo (son nom de famille était imprononçable) prit l'habitude d'y monter tous les jours. Il s'installait à la petite table en bois que nous utilisions pour faire des conserves. Il respirait à pleins poumons, fermait les yeux en souriant puis les rouvrait et les plissait pour contempler le bleu étincelant de la méditerranée, le blanc aveuglant des toits du village dont les ruelles se nouaient et se dénouaient à ses pieds.

- Le client idéal- disait Pina. Il est toujours content, que je lui fasse des pâtes ou du poisson, de la soupe ou de la *caponata*. En plus il a payé trois mois d'avance.

- Il vient d'où ?

- C'est écrit Hongrie sur le passeport.

- C'est où ?

- Boh...vers la Russie, non ?

- Il est écrivain ?

- Peut-être.

- C'est bizarre qu'il soit venu tout seul. S'il était célèbre, il recevrait du courrier, il y aurait une secrétaire, des journalistes...Il écrit beaucoup ?

- Jamais. Il passe son temps à bader sur ma terrasse. Parfois il va se promener sur le port ou sur la plage.

- Peut-être qu'il cherche l'inspiration ?

Ma mère haussait les épaules en secouant sa crinière noire :

- Moi, tant qu'il me paye...

Devenue veuve à vingt-cinq ans à cause d'une tempête effroyable qui engloutit quatre barques de pêcheurs en une seule nuit, Pina savait garder les pieds sur terre. La saison d'été tirait à sa fin et avoir un client, même un seul, à demeure tout l'hiver, était une somme garantie pour elle et moi, alors âgé de douze ans.

Très vite, Laszlo fit partie du paysage : on le croisait le matin sur le port, qui observait amusé la vente du poisson pêché dans la nuit, puis à midi en plein soleil qui remontait manger à la pension. Il sortait de nouveau en fin d'après-midi, marchant le long de la plage, les mains aux poches, une pipe éteinte entre les dents. On le saluait, il répondait en souriant puis allait s'asseoir au bout de la jetée pour sculpter des bouts de bois rejetés par les vagues. En novembre, les journées raccourcirent ; Laszlo s'installa au café. D'abord, il regarda les vieux jouer aux cartes et aux dominos. Puis, un dimanche après-midi, il entra muni d'un damier dessiné sur un carton et de curieuses pièces en bois sculptées à la main. Moins farouche que mes copains parce qu'il séjournait chez nous, je m'approchai. En une heure, il nous enseigna à jouer aux échecs.

A partir de ce jour-là, je ne vis plus le temps passer. Nous passions des heures à jouer en tête à tête. Ma mère ne savait pas si elle devait se réjouir ou s'inquiéter de ma nouvelle passion. Je pouvais m'absorber des heures dans une partie et quand je relevais les yeux, il faisait nuit.

L'hiver passa ainsi en compagnie de Laszlo qui bientôt fut adopté par notre petite communauté. Il avait appris quelques mots de dialecte pour se faire comprendre des pêcheurs avec qui il rafistolait désormais les filets. Il était habile de ses mains. Il sortit en mer avec eux. Notre peintre local fit son portrait : avec son visage tanné par le soleil, ses cheveux clairs et ses yeux bleu délavés, il ressemblait à un de ces siciliens descendants des normands. On ne lui posa jamais de question sur sa profession ; pour nous il était « le hongrois » ou « l'écrivain » même si la Remington posée sur la table restait muette.

Pina était heureuse d'avoir un homme aussi doux et serviable à la maison. Il ne se passa jamais rien d'immoral entre eux, mais je sentais qu'elle guettait son pas dans l'escalier et chantonnait en cuisinant.

Avec les premiers beaux jours arrivèrent aussi les premiers touristes… comme les oiseaux migrateurs, ils revenaient s'égayer sur nos petites plages de galets. Même si Alicudi est hostile sur tout un versant, et qu'on n'y circule qu'à dos de mulets, elle exerce une forte attraction quand elle se couvre des mille couleurs du printemps. Elle devient destination d'un jour pour les visiteurs séjournant à Lipari.

En début de saison, l'artiste organisa une exposition pour vendre ses toiles peintes en hiver. Il y eut beaucoup de monde pour l'inauguration : touristes, curieux, collectionneurs et bien sûr journalistes de Messine, Naples et Palerme. Il avait même invité des représentants de la presse étrangère, sachant qu'il vendrait la plupart de ses tableaux aux touristes français et allemands. Ce fut l'un d'eux, un allemand, qui s'extasia devant le portrait de Laszlo.

- Qui est-ce ? Demanda-t-il.

On le lui présenta. Ils se saluèrent dans sa langue maternelle.

- Votre visage me dit quelque chose.

Laszlo se raidit, bredouilla un salut en italien et disparut pour toute la journée.

Une semaine plus tard, alors que les genêts en fleurs embaumaient le maquis, le journaliste allemand revint accompagné de deux carabiniers de Lipari. Il était midi. J'étais descendu à la cave, une grotte naturelle où nous conservions nos aliments, pour prendre de l'eau fraîche à la citerne. D'en bas, j'entendis le pas lourd des trois hommes gravir notre escalier de pierre. Au ton alarmé de ma mère, je compris qu'elle avait peur. Ils cherchaient Laszlo pour un contrôle d'identité.

Je remontai silencieusement de la cave et me glissai dehors. La lumière m'aveugla un instant et comme un mulet piqué par une guêpe, je courus jusqu'à la plage avertir notre ami que la police le recherchait. Je me disais qu'il n'avait certainement rien à se reprocher, mais instinctivement, j'eus envie de l'avertir.

- Laszlo, les carabiniers…ils veulent contrôler tes papiers.

Le hongrois me dévisagea, d'abord surpris, puis avec une infinie tristesse. Il prit ma tête brune entre ses mains et me souffla :

- Merci.

Au lieu de remonter vers le village, il retourna sur ses pas et longea la grève. Il disparut derrière une barque abandonnée et de mon côté, le cœur gros, je remontai vers la pension.

On le chercha partout. Les gendarmes appelèrent du renfort. Deux jours durant, ils sillonnèrent l'île en long et en large. Désormais on savait que Laszlo s'appelait Marcus. C'était un anarchiste allemand responsable de plusieurs attentats et recherché par toutes les polices d'Europe. Son dernier méfait avait été de cambrioler la maison d'un journaliste hongrois, emportant avec lui, argent, vêtements et machine à écrire... c'est pourquoi le collègue allemand l'avait reconnu : la photo de Marcus avait trôné longtemps en première page des quotidiens.

Laszlo-Marcus disparut comme il était venu pour se perdre un soir d'été, à Alicudi, au bout de l'Europe. Malgré l'incrédulité générale, aucun reproche ne sortit de nos bouches. Pour nous, il restait le « hongrois », l'étranger discret qui avait su s'insérer, le professeur d'échecs, le réparateur de filets, le pensionnaire idéal qui fit chantonner ma mère... Et aujourd'hui encore, alors que je suis devenu adulte, je remercie le faux Laszlo de nous avoir laissés la Remington grâce à laquelle je suis devenu écrivain.

Maledizione

Nouvelle sur le thème : Fleurs 3ᵉ prix du Concours littéraire de Buis-les-Baronnies sous le nom de Descendance (juin 2012).

A Nyons on ne savait pas vraiment depuis combien de générations la famille d'Iris vendait des fleurs devant le cimetière. Au moins trois, si ce n'est plus.

Iris, elle, savait parfaitement qu'elle descendait d'une longue lignée de femmes fleuristes, issue d'une malédiction plus que d'une tradition de famille.

La première était Rosa son arrière-grand-mère, d'origine napolitaine. Elle avait débarqué à Nyons en 1906, à la suite d'une riche famille de commerçants, petite servante aux doigts agiles, arrachée à la côte amalfitaine. Enfant déjà elle tressait l'ail, cueillait des citrons et formait des bouquets pour orner les tables des banquets. Toute la famille de ses patrons en route pour Paris succomba à un mal étrange : une sorte de dysenterie qui noircit leurs visages et vida leurs tripes. Rosa survécut. Tant et si bien qu'on la soupçonna d'avoir empoisonné ses maîtres. La malédiction était née. Ils furent enterrés sur place et la servante hérita du contenu de leurs valises. Elle fut recueillie dans un couvent. Puis, à vingt et un ans, ne désirant pas du tout embrasser une carrière ecclésiastique, elle vendit son petit héritage et ouvrit un kiosque à fleurs devant le cimetière. Elle aimait les plantes et tout naturellement, elle fit le tour des fermes des environs pour acheter roses, dahlias et glaïeuls et inciter les paysans à cultiver des mimosas, les premières fleurs de la fin de l'hiver. Ce petit bout de femme noiraude à l'accent chantant, savait se faire respecter. Des soupçons planaient encore sur elle. Elle ne fréquentait ni l'église ni le lavoir. Les femmes la méprisaient mais les hommes lui tournaient autour. Elle cédait parfois les soirs d'été, après le bal, offrant son corps à la peau mate mais pas son cœur qu'elle n'abandonna qu'une seule fois. Il s'appelait Alfred, fils de notaire à particule, blond et racé. Ils se connurent lors d'un mariage alors que Rosa fleurissait l'autel de l'église. Il la suivit jusqu'à sa cabane. Il lui promit une maison bourgeoise, le mariage, la grande vie... Elle voulut y croire et s'enflamma pour lui. Un beau matin il ne revint plus : son père, mis au courant de leur relation scandaleuse, l'avait envoyé à Lyon pour créer une nouvelle étude de notaire. Rosa pleura longtemps sur son ventre arrondi... et une nuit du printemps 1920, accoucha seule d'un joli bébé blond aux yeux noirs. Elle l'appela Viola, comme sa mère qu'elle n'avait plus jamais revue.

Viola grandit au milieu des fleurs et dans les jupes de sa mère. Un sang noble coulait dans ses veines et même sans avoir jamais connu son père, elle en avait la beauté et l'indolence. Elle apprit le secret des plantes, fréquentant peu l'école. Rosa l'obligeait à tenir le kiosque pendant qu'elle remplissait sa carriole dans les serres des environs. Il y avait plus de concurrence car un fleuriste s'était installé au centre de Nyons. Cependant Rosa maintenait la tête hors de l'eau en ouvrant dès l'aube, tous les jours de la semaine. Ce rythme eut raison de sa santé. Elle mourut d'une pneumonie mal soignée au début de la seconde guerre mondiale. Viola, beaucoup moins déterminée que sa mère, se retrouva soudain seule dans une ville hostile. Elle vivota du commerce familial, puisant dans leurs maigres économies. Elle vendit la carriole, puis le mulet.

Un jour, pour une assiette de soupe, elle faillit vendre aussi sa baraque. Son instinct de survie la guida jusqu'à la maison close. Tous les samedis, elle y portait des fleurs fraîches, ce jour-là, elle s' y abandonna toute entière. Les allemands occupaient la ville et on avait besoin de chair tendre.... La patronne l'embaucha. Viola fut déflorée par un lieutenant rougeaud qui puait l'alcool, puis elle détacha la tête de son corps et subit la vie de fille de joie (sans joie) pendant toute la guerre. Elle mangeait à sa faim, trinquait parfois avec de jeunes soldats allemands, mais ses fleurs lui manquaient. Elle tressait des couronnes de lavande pour orner les cheveux de ses compagnes. Ses rares jours de congé, elle revenait contrôler son kiosque désormais abandonné. Elle rendit trois fois visite à la faiseuse d'anges puis la guerre finit. La libération fut pire que l'occupation : on rasa ses beaux cheveux blonds et ceux de ses compagnes, la patronne s'enfuit de nuit abandonnant les filles à la huée de la ville. Viola, bouleversée, échoua dans sa baraque en ruines, enceinte de trois mois. La malédiction continuait. Elle survécut grâce à la pitié d'Auguste, le vieux gardien du cimetière. Bossu, marqué d'une tache de vin, les doigts déformés par l'arthrose, il l'aida tout de même à reconstruire sa cabane. Les tombes malheureusement nombreuses avaient besoin d'être fleuries et le commerce repartit. Viola emprunta une petite somme au gardien et remonta son kiosque. Elle vivait dans son arrière-boutique où naquit Marguerite début 46, noiraude comme sa grand-mère napolitaine mais longue et fuselée.

Marguerite se révéla vive et précoce. Elle était curieuse de tout et tourmentait de questions le pauvre Auguste qui lui servit de père et de grand-père. Sur son lit de mort, le gardien demanda la main de Viola qui la lui accorda, les larmes aux yeux. En fin de compte, c'était le seul homme qui aurait pu la rendre heureuse mais il avait gardé le secret de son amour au fond de son cœur. Viola hérita de la maison d'Auguste avec vue sur le cimetière.

Marguerite était née rebelle ; elle s'ennuyait ferme avec les morts comme voisins. Elle apprit malgré elle le secret des fleurs et critiqua vivement sa mère qu'elle trouvait molle et résignée. La jeune fille s'enfuit du lycée bien avant son bac pour courir le vaste monde. C'était le début de la période hippie, elle vécut en communauté. Elle passa par la Californie en pleine révolte contre le Vietnam ; elle toucha à tout : de la Marijuana au LSD. Pour vivre elle dessinait sur le trottoir à la craie les fleurs qu'elle ne faisait plus pousser. A trente ans elle atterrit à Barcelone. Sa mère atteinte d'un cancer la rappela à son chevet. Marguerite y consentit, rentra accompagnée d'un andalou et fit la paix avec ses origines incertaines. A la mort de sa mère, elle se réinstalla dans la maison près du cimetière. Elle peignait sur soie de jolis motifs floraux qu'elle vendait à sa boutique et sur les marchés provençaux. Juanito, en théorie, devait assurer la vente de fleurs au kiosque qui était devenu un bâtiment en dur doté d'une vitrine. Un soir, à la fermeture du magasin, Juanito disparut avec la caisse. Marguerite était enceinte de six mois. La malédiction se perpétuait : lignée de fleuristes condamnées à élever leur enfant sans père…

Iris naquit durant la canicule de l'été 1976. En elle bouillonnait un sang méditerranéen. Elle eut une enfance mouvementée. Marguerite s'entoura d'amis anticonformistes dans la mouvance des années 70. Elle entraîna sa fille dans des concerts rock, des manifs et des nuits blanches sur le Larzac. Affectivement, Iris grandit cahin-caha, s'attachant à des pères de passage, à des amis d'un soir. Elle comprit que pour échapper à l'inconstance de sa mère, elle devait trouver sa voie. Pour couper court à cette enfance bohème, Iris choisit une école de commerce à Paris. Dans les années 90, ce fut le boum des bonzaïs. Iris suivit une formation auprès d'un maître japonais et décida de rentrer à Nyons. Marguerite, victime du blues de la cinquantaine, se réfugiait de plus en plus dans l'alcool et ne venait presque plus au magasin. Iris décida de reprendre les choses en mains. En fin de compte elle descendait d'une lignée de fortes femmes qui étaient souvent reparties de zéro. La culture des Bonzaïs fut une bonne intuition. Iris agrandit la boutique familiale, et au bout de deux ans en ouvrit une autre à Vaison-la-Romaine. Elle devint femme d'affaires sous le regard perplexe de Marguerite qui disait « Je ne reconnais plus ma fille… » Et pourtant Iris se sentait plus que jamais héritière de ce curieux matriarcat. Elle fit une psychothérapie qui la réconcilia avec ses origines obscures.

Puis Marguerite se suicida presque sans le vouloir en mélangeant, un soir de déprime, alcool et somnifères. Iris en fut beaucoup plus touchée qu'elle ne le croyait. Elle sentit un vide immense. Le chaos pathétique de sa mère lui manqua énormément. A 35 ans sonnés, elle n'était riche que d'argent. Aucun homme dans sa vie de peur d'être abandonnée, encore moins d'enfant. En femme d'action, elle décida de le planifier. Tant qu'à faire, ce serait sciemment qu'elle élèverait seule son bébé. Une petite fille douce et intelligente au prénom de fleur bien entendu mais qui saurait affronter la vie sans être ballottée par le destin. Aujourd'hui, les moyens d'Iris le lui permettaient. En ville, elle était respectée.

Elle choisit donc l'insémination artificielle. La grossesse solitaire se déroula sans encombre. Elle choisit même d'accoucher par césarienne dans une clinique privée le premier jour du printemps. Elle aurait appelé sa fille Lila, une plante résistante, au bois dur et au parfum intense.

Le médecin sortit le bébé vagissant et annonça : « C'est un garçon ! »

Iris ne se démonta pas : « Alors je l'appellerai Olivier, il sera fort comme un arbre et protègera sa maman ».

- Madame, il est trisomique…

Iris tressaillit puis tendit les bras : « Cinquième génération… la malédiction continue ».

Mistero in Umbria

Nouvelle sur le thème : La sorcellerie, 4ᵉ prix du Concours de nouvelles de la ville de Chalabre sous le nom de Rencontre en Ombrie (août 2012).

Cette nouvelle fait partie du recueil collectif L'antre des Sorciers. Collection Noire Editions Rivière Blanche.

L'automne dernier, mon mari et moi sommes allés en vacances en Ombrie, une région du centre de l'Italie belle et sauvage, moins célèbre que sa voisine la Toscane mais tout aussi passionnante. Nous avions besoin de repos après deux tentatives de fécondation in vitro qui avaient échouées…En outre, à cause du travail de Marc, nous venions de quitter Toulon pour Milan où, de mon côté, j'étais encore à la recherche d'un emploi.

L'agritourisme où nous logions se trouvait au pied d'un bourg fortifié. De la fenêtre de la chambre, on distinguait au loin les sommets des Appenins enneigés puis leurs pentes boisées au pied desquelles moutonnaient de sages collines cultivées, vignes, blé et oliviers, piquetées çà et là de fiers cyprès. Les toits des villages perchés se répondaient de loin en loin miroitant sous le soleil d'automne. Cette mosaïque de tons et de couleurs enchantait la vue et l'esprit. Cependant, comme aimantée par un appel muet, je me surpris plus d'une fois à tourner le regard vers le maquis sombre et touffu qui délimitait la propriété.

Toute la semaine, nous visitâmes les charmantes villes d'Orvieto, Todi, Assise et Pérouse. Le dernier jour, nous décidâmes d'un commun accord de nous reposer à l'agritourisme avant d'affronter le voyage du retour en voiture. Marc, plutôt flemmard et citadin, plongea dans une profonde sieste réparatrice ; moi, je me préparai enfin à découvrir la *macchia* comme les italiens d'Ombrie surnomment leur forêt méditerranéenne. Giulia, qui nous hébergeait, m'indiqua quelle direction suivre pour atteindre une petite clairière où, à une heure de marche environ surgissait une source d'eau pure. Enchantée à l'idée de sortir enfin seule après deux mois de repos forcé, je glissai dans mon petit sac à dos une polaire, un appareil photo, mon portable et une bouteille d'eau. Je laissai un billet à mon mari et franchis allègrement la barrière qui séparait le jardin du sentier.

Je marchai d'un bon pas la première demi-heure, suivant un chemin forestier bordé de myrtes, lentisques et arbousiers, bien tracé par les ornières des tracteurs. Les merles et les bouvreuils s'en donnaient à cœur joie dans la douceur de l'arrière-saison. Je respirai les parfums du sous-bois à pleins poumons, humus et champignons, et je retrouvai avec plaisir l'élasticité de mon corps contraint trop longtemps à l'immobilité forcée après l'implantation d'ovules fécondés. Soudain les sillons s'arrêtèrent au pied d'énormes billes de bois et le sentier, beaucoup plus étroit, disparut sous un rideau de feuillages. Perplexe, je m'assis sur un tronc pour boire un peu d'eau et réfléchir sur la direction à prendre. Selon les indications de mon hôte, je devais continuer plein nord, donc tout droit. J'hésitai un instant à lui téléphoner quand je m'aperçus qu'il n'y avait plus de réseau. Le soleil était encore haut malgré un orage annoncé en fin de journée et je me remis en route, bien décidée à découvrir la source probablement toute proche. Je me procurai un solide bâton et écartai les branches pour mieux m'enfoncer dans le bois. La lumière décrut et un silence étonnant m'accueillit. Je suivais désormais une sente à peine visible probablement tracée par les sangliers, qui, je le savais, pullulaient dans la région. Je remerciai le ciel de ne pas être sortie me promener un jour de chasse, ce qui aurait été plus que dangereux dans ce sous-bois touffu. Malgré mon bâton, je me griffai les bras et le visage. Je dus enjamber un ruisseau, grimper un talus, éviter un mur de ronces, contourner un pin foudroyé, bref, je tournai tant et si bien qu'au bout d'une heure, je dus admettre de m'être complètement perdue.

Ayant fini ma petite bouteille d'eau, j'avais hâte de trouver la source promise : soucieuse sans être encore affolée, je songeai aux fables de mon enfance et je me hissai sur les premières branches d'un châtaignier espérant m'orienter au-dessus de la forêt. Hélas, je n'ai ni le poids ni l'habileté du Petit Poucet et au bout de quelques mètres, mes chaussures de tennis glissèrent lamentablement le long du tronc. Je tombai de tout mon poids sur le poignet droit. J'hurlai de douleur et compris aussitôt que je m'étais fait une entorse… Découragée, je m'affaissai, prostrée, le long du tronc. Je fermai les yeux d'où jaillirent de grosses larmes de rage et de douleur. Je fis mentalement le point de la situation : seule, dans une forêt dense et inconnue, sans pouvoir utiliser mon portable, l'orage qui grondait au loin et la nuit qui allait tomber… J'étais sans doute assez près du village à vol d'oiseau mais je ne savais plus du tout quelle direction emprunter. Je sanglotai sur mon triste sort, espérant que Marc viendrait à ma recherche avant la pluie.

Un craquement léger me fit rouvrir les yeux : je me trouvai nez à nez avec une chèvre toute blanche. Je sursautai de surprise et elle en fit tout autant. Comme elle battait en retraite, je la suppliai de rester : « Non Biquette ne t'enfuis pas…Tu n'es sûrement pas toute seule, toi…Amène-moi à ton berger ».

Et comme si elle avait compris, la jolie bête s'arrêta net et tourna son doux regard vers moi. Elle inclina un peu ses cornes et racla le sol de sa longue patte onglée. Je me levai lentement pour ne pas l'effrayer et la suivis à travers le maquis. Elle bondissait légère deux ou trois mètres devant moi sans toutefois se faire perdre de vue, comme si elle était habituée à sortir accompagnée d'un être humain, ce qui gonfla mon cœur d'espoir. Nous débouchâmes enfin dans une petite clairière, peut-être celle que j'avais si longtemps cherchée. Cependant, au lieu d'une source d'eau fraîche, je ne distinguai dans le jour déclinant, qu'un tas de chiffon devant une pauvre masure. La chèvre disparut à l'intérieur de la cabane entr'ouverte. Intriguée, je voulus l'imiter quand le tas de chiffons s'anima. J'eus si peur que je sursautai une deuxième fois. Une voix rauque s'éleva :

- Je vous ai fait peur ?

- Euh…non, enfin oui…je ne vous avais pas vue, je suivais la chèvre.

- C'est Bianca qui vous a trouvée ?

- ….

- Brave bête. Elle supporte pas les égarés.

Je fis deux pas vers la vieille femme accroupie devant sa porte…car c'en était une : toute menue et toute ridée, le visage noir de crasse ou de suie qui contrastait étrangement avec la blancheur de sa chèvre. La petite vieille accroupie devant sa porte triait des châtaignes. L'animal se disputait les fruits pourris avec deux poules qui picoraient tout autour.

- Vous…vous vivez ici ?

- Oui.

- Je veux dire, toute seule ?

- Je suis pas seule : j'ai Bianca, mes poules et mes lapins.

- Je…j'ai soif. Vous auriez un peu d'eau s'il-vous plaît ?

D'un mouvement de tête elle m'indiqua un gros rocher au centre de la clairière.

- Y'a la source.

Enfin ! J'y trempai avidement les lèvres : l'eau jaillissait, pure et fraîche comme me l'avait assuré Giulia, la propriétaire du gîte.

Mais pourquoi ne pas m'avoir mentionné aussi l'existence de la vieille paysanne, sa chèvre et sa cabane ?

En me penchant pour boire, j'appuyai ma main droite sur le rocher et échappai un petit cri de douleur.

- Vous êtes blessée ?

- Je crois que je me suis foulée le poignet. J'ai voulu grimper sur un arbre…

La vieille interrompit mon explication et se redressa avec une surprenante agilité.

- Faites-moi voir.

Je lui tendis mon poignet enflé qui virait au violet. Elle le saisit délicatement entre ses ongles noirs. En l'observant de plus près, je m'aperçus que son visage était ridé comme une vieille pomme ; de rares cheveux sales s'échappaient de son fichu noir enfoncé jusqu'aux yeux qu'elle avait d'un beau bleu profond. Je dus retenir ma respiration parce que cette pauvre femme puait la chèvre et le graillon. Elle soupesa ma main, puis la retourna un instant, effleura la paume et cracha par terre.

- Suivez-moi.

Nous entrâmes dans la cabane au toit de planches et aux murs lézardés. Une forte odeur de bête et de feu de cheminée me prit à la gorge. Il était évident que cette femme vivait comme au début du siècle, dans une seule pièce et en compagnie de ses animaux.

- Asseyez-vous là.

Elle m'indiqua un tabouret branlant ; je m'assis avec précaution et observai autour de moi : la pièce était sombre, une vaste cheminée occupait tout un pan du mur, une table grossière trônait au centre et une paillasse gisait à même le sol. Pas d'évier bien sûr ni de toilettes, mais de nombreuses étagères qui couraient le long du mur, chargées de vases et de bocaux de toutes sortes, de petits bouquets d'herbes sèches et autres sacs de tissus pendaient à des clous. Je ne pus m'empêcher de penser que j'étais tombée dans l'antre d'une sorcière…il ne manquait plus qu'un chaudron sur le feu et un hibou sur un perchoir !

La vieille femme prépara une pâte épaisse à base d'argile et d'arnica pilé qu'elle m'appliqua sur le poignet. Puis elle relança le feu et me proposa une tisane chaude au goût d'anis dans un bol ma foi assez propre.

- Fait pas chaud pas vrai ? Et puis il va pas tarder à pleuvoir.

- Justement…je me suis perdue et je voudrais bien retrouver le chemin de mon gîte.

- Vous logez chez qui ?

- Giulia Moscatelli.

- Bah… ce n'est pas loin. - Elle eut un sourire énigmatique, marqua un temps puis ajouta : Giulia…J'ai bien connu sa grand-mère.

J'eus soudain envie d'en savoir beaucoup plus sur l'étrange personnage qui me faisait face. Timidement, je tentai une question :

- Et vous avez toujours vécu ici toute seule, enfin je veux dire avec vos animaux ?

- Non…Enfant j'ai habité au village. Mais plus je connais les hommes et plus j'aime les bêtes…

- Vous vous appelez comment ?

- Sarah. Et vous ?

- Lucie, je suis française mais maintenant j'habite à Milan. –Je poussai un soupir -

Elle me fixa de son regard bleu outremer :

- Lucie, dans un an vous serez heureuse.

Je restai bouche bée devant une telle affirmation :

- Que voulez-vous dire ?

- Vous êtes triste n'est-ce pas ?

- Eh bien…un peu déprimée en effet. Je n'ai toujours pas de boulot depuis que j'ai quitté Toulon et…

- Toulon ? Au bord de la mer ?

- Oui, sur la Côte d'Azur.

Sarah bondit sur ses pieds et s'empara d'un vieux calendrier des PTT caché par le bric à brac de la cheminée :

- C'est là ?

La photo centrale, désormais toute défraîchie, représentait la rade de Toulon et datait de 1970.

- Oui, c'est ma ville. Répondis-je surprise- Comment l'avez-vous eu ?

- Ça n'a pas d'importance, fit-elle en chassant une mouche imaginaire. Parlez-moi plutôt de la mer…Alors, elle est comment ?

- Pardon ?

- La mer…c'est vrai qu'elle bouge tout le temps ? Qu'elle est bleue comme le ciel ? Et qu'est-ce qu'elle sent ?

Interloquée par cette rafale de questions, j'observai la vieille paysanne dont le visage s'était soudain animé. Je compris qu'elle avait dû être belle dans sa jeunesse. Sous la couche de suie pétillait un regard bleu brillant ; ironie du destin : Sarah cachait dans ses yeux la couleur de la mer qui lui était inconnue. J'essayai maladroitement de répondre à ses questions puis des vers célèbres me revinrent en mémoire que je tentai de traduire :

- La mer, la mer toujours recommencée…Homme libre, toujours tu chériras la mer…

L'orage claqua tout près alors que nous conversions devant le feu allumé. Sarah voulut tout savoir sur Toulon, puis Marseille et Nice…Enfin elle se leva et dit :

- Il fait nuit. Je vais rentrer les poules à cause du renard, puis je vous raccompagne.

Je restai donc seule dans la pénombre, au coin du feu rougeoyant. Dehors de grosses gouttes commencèrent à tomber. Je me dis que j'avais eu de la chance dans mon malheur d'être tombée sur cette étrange petite bonne femme. Mon poignet ne me faisait plus souffrir et une douce torpeur m'envahit à tel point que je fermai les yeux.

Ce furent des cris plus que les gouttes glacées qui me tirèrent de mon sommeil :

- Lucie ! Lucie, réveille-toi, c'est moi Marc ! Oh ma chérie, on t'a enfin retrouvée !

Complètement éberluée, je me laissai soulever de terre où je m'étais recroquevillée. Dans le rayon puissant d'une lampe de torche, je distinguai le visage heureux de mon mari qui m'inondait de paroles en me serrant dans ses bras. Un homme grand et costaud que je remis comme étant le mari de Giulia, nous attendait à quelques mètres sous un large parapluie de berger. Un chien de chasse bondissait entre lui et nous :

- C'est Astor qui t'a trouvée ! Claudio a eu l'idée de lui faire sentir un de tes vêtements et il nous a guidés jusqu'ici…

- Mais Sarah ? La chèvre…la maison ?

- Quoi ?

- Il y avait une cabane ici.

- Oh, il y a sûrement bien longtemps ! -Répliqua mon mari en riant- C'est d'ailleurs là que tu t'es réfugiée !

Je me détachai enfin de ses bras pour mieux regarder autour de moi : nous nous trouvions au centre de ce qui avait dû être l'ancienne masure. Il ne restait plus qu'un bout de toit sur un pan de mur noirci, au pied duquel je m'étais apparemment couchée. Il n'y avait plus de cheminée, ni de table ni d'étagères. Les ronces et les orties mesuraient plus d'un mètre et même la source et son rocher étaient invisibles.

- Allez viens, il pleut des cordes.

Claudio nous guida à travers le bois, son chien en tête. Marc me portait plus qu'il ne me soutenait. Nous rejoignîmes rapidement le chemin forestier où nous attendait le 4x4 de l'italien. Giulia nous accueillit à bras ouverts :

- Mon dieu, j'étais si inquiète…

Une fois lavée, changée et restaurée j'entrepris de raconter ma mésaventure. Giulia et Claudio s'exclamèrent :

-Vous avez dû rêver ! Cette cabane est abandonnée depuis des années…c'est pour ça qu'on ne vous en a pas parlé avant votre promenade.

- Mais qui y habitait ?

- En effet, il s'agit bien d'une femme qui s'appelait Sarah…C'était une petite réfugiée juive. Ses parents l'avaient cachée chez nous durant la guerre…enfin chez mes arrières grands-parents. Ils avaient laissé une bonne somme d'argent en disant qu'ils seraient venus la reprendre pour s'enfuir en Amérique où ils avaient de la famille…Et puis ils ont dû être déportés et on n'en a jamais plus entendu parler.

- Et Sarah ?

- Sarah avait 8 ans à l'époque, plus ou moins l'âge de ma grand-mère. Elles ont grandi ensemble. Puis à la fin de la guerre, quand on a compris que personne ne reviendrait plus la chercher, mon arrière-grand-père en a fait sa servante. Je crois que cela a été très dur pour elle et pour ma grand-mère aussi. Du jour au lendemain, Sarah est passée de petite sœur à bonne à tout faire. Elle devait dormir à l'étable pour traire les vaches le matin, puis s'occuper de l'eau pour la cuisine, le feu, le jardin, etc. A 12 ans elle travaillait déjà comme une adulte.

- Et votre arrière-grand-mère ne disait rien ?

- Oh non, à l'époque on manquait de bras et puis c'était l'homme qui commandait : à partir du moment où les parents de Sarah n'envoyaient plus d'argent pour la nourrir, elle devait gagner son pain en travaillant. Ça, c'est la logique de la campagne…

- Et elle l'a accepté ?

- Non justement, c'était une petite fille très intelligente et rebelle. Elle a tenu quelques mois puis à la première occasion, elle s'est enfuie dans les bois.

- Et elle a survécu ?

- Oui, parce qu'au bout de quelques jours de recherches, des chasseurs ont dit à mon arrière-grand-père que le *boscaiolo* l'avait recueillie.

- Qui ?

- Un bûcheron qui vivait là, dans cette cabane où vous vous êtes endormie. Il coupait du bois et faisait des fagots qu'il revendait sur les marchés. Il l'a prise sous son aile en quelque sorte et plus personne n'a pu l'approcher. C'était un géant moitié italien, moitié allemand, on n'a jamais compris de quel côté il avait combattu durant la guerre… Tout le monde le craignait.

- Vous l'avez connu ?

- Oui, quand j'étais petite je le voyais vendre ses fagots sur le marché. Même tout blanc et voûté, il faisait encore peur.

- Et Sarah ?

- Elle l'accompagnait de temps en temps. Elle évitait mes arrières grands parents mais elle saluait encore ma grand-mère. Pour le village, c'était une sorcière !

- Vraiment ?

- Oui…on racontait que ces deux-là, la juive et le géant s'accouplaient à la pleine lune, qu'ils organisaient des danses de sabbat et qu'ils préparaient des potions pour empoisonner les honnêtes gens.

Claudio intervint pour la première fois :

- Il n'empêche que Sarah la Juive connaissait bien les plantes. Mon père s'adressait à elle quand il ne pouvait pas faire venir le vétérinaire parce que ça coûtait trop cher.

- C'est vrai, les villageois la méprisaient par devant mais ils s'adressaient à elle en cachette. Surtout après la mort du bûcheron. Les femmes qui ne voulaient plus d'enfant allaient lui demander des potions …et celles qui n'arrivaient pas en avoir, aussi.

J'échangeai un regard troublé avec mon mari. Le récit de notre hôte me fascinait tout en me mettant mal à l'aise. Comment avais-je pu deviner, même en songe, que l'ancienne occupante des lieux s'appelait Sarah ? J'étais convaincue de n'en avoir jamais entendu parler avant.

- Et comment est-elle morte ?

Giulia hésita une seconde :

- A vrai dire, je ne sais pas. Sa cabane a brûlé il y a une dizaine d'années. On pense qu'il s'agit d'une négligence de sa part car elle n'utilisait que le feu de cheminée pour manger et se chauffer. Mais on n'a jamais retrouvé son corps, même carbonisé. Elle s'est comme volatilisée.

- Peut-être a-t-elle changé de village ?

- Peut-être…mais on n'en a jamais plus entendu parler.

- Elle devrait être âgée maintenant ?

- Oui, plus ou moins 85 ans….

- Elle pourrait être encore vivante.

Mon mari plaisanta pour détendre l'atmosphère :

- Mais si c'est une sorcière, elle est éternelle !

Et sur cette conclusion, nous montâmes nous coucher. Marc, d'habitude si fougueux, se fit beaucoup plus tendre cette nuit-là et j'oubliai dans ses bras toutes les émotions de cette étrange journée.

Le lendemain nous reprîmes le chemin du retour non sans avoir remercié chaleureusement nos hôtes, surtout Claudio qui, grâce à son chien de chasse, avait permis de me retrouver.

La vie à Milan reprit son train-train quotidien, fait de stress, de joies et de peines. Je ne trouvai pas d'emploi mais je fis du bénévolat auprès d'enfants orphelins. Ce qui me procura une grande satisfaction et éloigna toute menace de dépression. Je n'évoquai plus l'histoire de Sarah la sorcière même si parfois son visage hantait encore mes rêves. Au mois de février, je tombai enceinte le plus naturellement du monde et le 25 octobre, un an exact après ma mésaventure en Ombrie, j'accouchai d'un magnifique bébé. Nous l'appelâmes Victoire…car pour moi c'en était une, devenir ainsi maman à quarante-deux ans, après tout ce que nous avions traversé !

La semaine de mon retour à l'hôpital, parmi les fleurs et les lettres de félicitations, je découvris une carte postale de la rade de Toulon. Le texte était court et la signature éloquente :

Femme libre toujours tu chériras la mer… Félicitations. Sarah.

Porcus Day en Ombrie

10ᵉ prix du concours des Editions oléronaises Edit'O. (août 2012)

Ce court récit fait partie du recueil collectif Repas de Famille. *Editions Oléronaises.*

Amelia, Ombrie (Italie centrale) : comme chaque année fin décembre, mon maître a tué le cochon. Le tueur est arrivé hier. Un coup de pistolet en plein front et juste après, la pointe du couteau à la jugulaire. L'animal s'est vidé d'un coup, proprement. Le sang est récupéré encore chaud pour faire des boudins sucrés aux raisins secs qu'on appelle ici *sanguinacci*. Ce matin quatre hommes ont soulevé l'énorme carcasse et l'ont pendue à un crochet. Il fait quatre degrés dehors, froid et sec, le temps idéal pour que la viande ne tourne pas. Les femmes font bouillir de l'eau et avec un rasoir raclent la peau. Puis on découpe la couenne et enfin la bête est taillée en quartiers. Moi je ne suis que le chien… et j'attends bien sage qu'on me lance quelque morceau qui ne servira pas à la charcuterie. Pas de pâté dans ce coin d'Italie, mais deux beaux jambons qui reposeront quarante jours au saloir, deux épaules, des saucisses qu'on fera sécher puis qu'on conservera dans l'huile, du *capocollo* charcuterie dure et salée extraite du cou, des côtes et du filet mignon. Et puis le pâté de tête qui bout toute la matinée avec du laurier, des épices et un zeste d'orange. Chaque famille a son secret. On récupère même les quatre pieds que le grand-père cuisine à sa façon.

Le « Porcus Day » comme disent mes maîtres en plaisantant, finit par un dîner mémorable pour remercier le tueur et les voisins qui ont donné un coup de main et où toute la famille est conviée. D'abord on mange la *padellaccia* à base de petits morceaux de poitrine, qui ne servent pas pour les saucisses, et des glandes cuits dans le saindoux ; puis arrivent les tagliatelles *al sugo* : sauce tomate et os de porc, évidemment. Enfin, les côtes les plus tendres cuites au feu de bois qui me font saliver. J'attrape les os au vol dans un claquement de mâchoires puis observe la tablée du coin de l'œil, feignant l'indifférence : mon patron, rougeaud et euphorique, verse de larges rasades de vin à ses invités sans s'oublier au passage. Sa femme, en bonne maîtresse de maison est partout à la fois ; elle court, échevelée, de la salle à la cuisine et apostrophe ses enfants qui refusent de lui donner un coup de main. Sa fille est pendue à son portable et supplie ses copains de venir la chercher le plus tôt possible pour la délivrer du supplice qu'est le repas annuel de la « tuaille de cochon »... D'ailleurs, elle est végétarienne. Son frère, malingre et blanc comme un linge n'a qu'une hâte : remonter dans sa chambre pour finir de bousiller l'ennemi en jouant sur son ordinateur. La grand-mère qui n'attend que le dessert (tiramisu fait maison) chipote dans son assiette en évoquant ses artères... Le voisin, jaloux et fort en gueule, lance que son cochon pèse sans doute plus que le nôtre : 125 kilos sans le sang... on parie ? Le curé, qui est de toutes les « tuailles », comme s'il fallait bénir la bête avant de l'envoyer sous nos mandibules, raconte les fermes d'autrefois où on tuait trois cochons par jour. La cousine de la ville, qui est toujours au régime, mais qui est bien contente de repartir avec sa viande sous le bras, déclare que « Quand même, ça lui fait quelque chose quand le tueur approche le pistolet du front...et qu'elle est sûre que l'animal comprend qu'il va être tué. » Le géant, qui pratique ce métier depuis trente ans, la regarde imperturbable et vide son verre d'un trait, coupant court à tout sentimentalisme. L'ami d'enfance du patron, coureur de jupons infatigable, se dit que si elle n'était pas aussi mijaurée, il lui ferait bien le coup- du- pauvre-petit- cochon-qui- va-mourir...histoire de lui montrer sa queue en tire-bouchon.

Et moi j'écoute, couché à leurs pieds, ivre du son des voix et des odeurs de cuisine. Je suis bien gré au pauvre cochon de s'être ainsi sacrifié. D'autant que ce dernier était assez antipathique : je me souviens encore de notre dernière conversation. Cela faisait des semaines qu'il se fichait de moi :

- Eh le chien ! regarde comme je suis bien dans ma bauge, on me donne à manger deux fois par jour…et toi tu dois courir à la chasse, le ventre vide pour être plus rapide, tu dois monter la garde jour et nuit en dormant attaché sous la pluie, tu prends des reproches et des coups de pieds… Quelle sale vie que la tienne !

- C'est possible… lui ai-je répondu. Mais toi, tu ne me sembles pas être le cochon de l'année dernière !

Et là, je crois bien que j'avais raison… Bonnes cochonnailles et à l'année prochaine !

Bella del bosco

Le chien de chasse grogne sourdement : un renard... un sanglier ?

La nuit est douce, comme Leo les aime en été. Le gibier pèse dans son sac et il marche vite, courbé en deux, toujours à l'affût de traces au fond du vallon dense et boisé. Les aiguilles de pins craquent sous ses gros souliers en cuir. Il fait encore sombre et il hume le sentier plus qu'il ne le voit, en symbiose avec son chien, qui fouine nez contre terre. Leo sait distinguer le parfum léger du lièvre, thym-serpolet, de l'odeur acide du renard ; le musc puissant du sanglier tout frais issu de sa bauge du cerf en rut, cuir et urine mêlés... En mars, il dégotte les asperges sauvages emprisonnées dans les ronces, dès septembre, il perçoit la délicatesse des cèpes sous les premières feuilles d'automne ... Mais le parfum qu'il reconnaît entre tous est celle de son aimée, la Belle des Bois, l'amour de sa vie. Parfois Bimbo, le chien, gronde et disparaît sous les buissons d'arbousiers. Leo, sur ses traces se fond dans les replis du maquis comme dans le ventre d'une femme : les fourrés de ce petit coin d'Ombrie n'ont plus de secrets pour lui. Il les a arpentés toute la nuit - toute la vie - à la recherche de bêtes qu'il prend au collet.

Au-dessus des buissons de lentisques et des massifs de chênes verts, le ciel pâlit. Les rapaces de nuit, fatigués, se posent lourdement sur les branches des hêtres. De petits écureuils gris sautillent dans les pins, et, dans l'azur naissant, s'élève le chant clair de l'alouette du matin. Leo est sorti bien avant l'aube ; lui si pataud le jour, « l'handicapé de la vie » ricane son grand frère, devient prince du maquis la nuit...C'est sa vie, son domaine. Plus il connaît les hommes, plus il préfère son bâtard de chien et les bêtes sauvages… Leo braconne des nuits entières puis s'octroie un rendez-vous avec sa belle au fond des bois.

Dernier né d'une flopée de huit enfants, élevée par une mère hébétée morte d'épuisement, Leonardo, au prénom de génie, porte dans son corps les stigmates d'un père alcoolique. Légèrement retardé mental, boiteux, souffreteux, il fut bien vite la risée du village. Enfants cruels, grands frères moqueurs, eurent tôt fait de l'isoler tout à fait de la vie sociale. Il survécut grâce à la bonté d'un prêtre qui, en réalité, avait besoin d'un valet. Quasimodo du vingtième siècle, il assista l'homme d'église dans ses travaux domestiques, de la coupe de bois au ménage de l'autel en passant par le potager, le clapier et le poulailler… Quand le curé meurt, Leo hérite d'un cabanon et d'un bout de jardin qui lui permettent de survivre. Quelques travaux saisonniers et le braconnage complètent le piètre ordinaire On le sait sans fusil et on le croit trop mal en point pour courir dans le maquis toute la nuit. Ses « clients » ne l'ont pas trahi : ils risquent gros eux aussi : un restaurateur du village voisin, un notaire à la retraite dont le terrain touche son jardin, un cousin cantonnier … Pour Leonardo, le braconnage n'est que la continuité d'une chasse ancestrale du paysan dans son milieu. Né dans ces collines d'Ombrie, il y mourra probablement, après avoir bu son eau de source, mangé ses cèpes et tué son gibier toute la vie. Parce que c'est dans l'ordre des choses. Parce que la terre nourrit l'homme.

Au printemps, les gendarmes d'Amelia, le gros village dont dépend le hameau de Leo, ont organisé des rondes nocturnes contre le braconnage. Pressés par une forte émotion populaire « scandalisée par ces pratiques barbares au vingt-et-unième siècle … », les *carabinieri* ont fait des barrages sur la route pour vérifier les coffres des jeeps et des fourgons. Quelques descentes dans les caves où ronronnent les congélateurs pleins de gibier, mais ils ne l'ont pas contrôlé lui, au fond de sa cabane, trop faible, trop invisible. Et c'est tant mieux : ses pièges sont cachés sous son lit…

Deux articles dans la presse locale, un dans la presse nationale, puis plus rien. Tout est retombé comme un soufflé avec l'arrivée des vacances de Pâques et des premiers touristes avides de découvrir les générosités de l'Ombrie. « Il ne faut pas inquiéter les gens avec nos problèmes locaux. » avait conclu le maire en conférence de presse. Ainsi, dès la fin du mois d'avril, le jeune italien recommence à braconner la nuit dans ce bois hostile qu'il connaît comme sa poche. Il évite la route et emprunte l'ancien chemin dessiné par les pieds des hommes et les sabots des mulets qui, autrefois, se rendaient à Amelia les jours de marché. Un sacré raccourci, *la mulattiera*, qui évite la route tortueuse : il faut d'abord quitter le hameau en traversant le cimetière, couper la route départementale et descendre à pic le long d'un pierrier - aujourd'hui complètement recouvert de ronces - puis longer le torrent, toujours sec en été, pendant au moins un kilomètre. Là, le vallon se rétrécit, les oliviers se font rares ; à l'improviste, se dressent des genêts odorants sur leurs buissons d'épines. Les chênes verts accueillent Leo en bruissant. Le sentier emprunté par les chevreuils, semble naître sous ses pieds puis se refermer sur son passage : bienvenue au Prince du maquis, de retour chez lui…

« Un peu de beurre dans les épinards… se dit Leo en déposant ses pièges. Qu'est-ce que je fais de mal ? Y a des nuits où je ramène même rien, et puis c'est les autres qui me le demandent : le restaurant Da Gino, le notaire d'à côté…ils payent bien et moi je fais ça proprement. C'est pas comme cet imbécile de Beppe, *Porcamiseria*, qui chasse le sanglier la nuit avec ses phares : il a tellement défoncé sa jeep l'autre soir que les carabiniers l'ont tout de suite repéré… »

Ce matin la chasse est bonne : une hase et deux petits encore tièdes dans la besace qui scient son épaule. Leo s'arrête pour respirer à pleins poumons l'air frais du matin. Il boit à une source. Il doit être très prudent : l'été, en plus des villageois et du garde forestier, il peut croiser des touristes en balade. Leo déteste ces familles bruyantes qui lui posent des questions sur le sentier à suivre pour rejoindre l'ermitage de Saint François d'Assise…Ils vont tous là, comme attirés par un aimant. Une chapelle en ruines et une grotte qui - dit la légende - aurait abrité Saint François lors d'une de ses nombreuses retraites spirituelles. Leo n'a rien à reprocher à Saint François… au contraire, c'est le saint le plus sympathique, celui qui vivait chichement, comme lui, et parlait aux animaux sauvages… mais l'ermitage est sur un flanc de colline où il aime dénicher sa belle. Elle est souvent-là qui l'attend, docile, au pied des chênes verts, et bien entendu, Leo ne veut aucun témoin. Il sait qu'il risque gros… mais c'est plus fort que lui. Une vague qui le transporte, un état second depuis ce jour béni où un berger vieillissant lui a révélé le secret de son existence. « Suis-moi, lui avait-il dit, viens voir, c'est toi qui iras quand moi je n'y serai plus. Ne dis rien à personne, mais j'ai confiance en toi… et d'ailleurs je t'ai choisi parce que t'as pas d'amis… ». Cette remarque blessante pour d'aucuns fut un cadeau pour Leonardo. Le vieux berger mourut peu après et Leo, comme promis, prit le relais des rendez-vous avec la Belle des Bois.

La première fois qu'il la toucha, il en fut si ému qu'il en perdit la voix… et même le sommeil. Leo découvre la tension de l'attente : il se dépêche de relever puis de redéposer ses pièges pour se lancer à travers bois en direction du bosquet où elle se cache. Cet état d'excitation permanente, la douleur et le délice de l'attente, le lieu secret où la dénicher sont devenus sa raison de vivre. Mais la Belle est mutine : elle change souvent d'endroit ; elle veut qu'on la cherche, qu'on la supplie, qu'on la mérite. Leo qui vit de tout corps avec le bois a aujourd'hui une bonne intuition : il fait sec depuis huit jours, mieux vaut se diriger près du ruisseau. Il y a encore un filet d'eau, de nombreuses empreintes d'animaux sauvages. Leo s'assoit pour inspecter les lieux. Il aime ce moment d'observation où il s'imprègne du lieu et du paysage pour capter, comme par un filament invisible, où la belle s'est endormie. Bimbo se fait discret.

Il se couche au pied de son maître et attend le signal d'un doigt pour partir en chasse lui aussi. Bien sûr, le chien pourrait la trouver bien avant lui…mais il l'a dressé pour qu'il le seconde et non qu'il le précède. Leo veut jouir du plaisir tout entier : de sa découverte à la possession du corps dur au parfum sauvage.

Il se lève enfin, comme mu par un ressort, et se dirige tout droit au nord du ruisseau, le chien sur ses talons. Il y a là, derrière un rocher moussu, un tapis de feuilles mortes fraîchement foulées par un sanglier. Le groin a tenté de retourner la terre trop sèche en cette saison. Leo s'accroupit, très ému. Il SAIT qu'elle est là, tout près. Un parfum subtil d'humus et de fruits des bois l'a trahie. Le chien gratte au pied de la roche en geignant, le jeune homme l'arrête d'une tape sur les flancs, c'est à lui de continuer. Penché en deux, tremblant d'excitation, il la voit enfin pointer son nez terreux sous les feuilles mortes. Leo parle à voix basse pour la rassurer ; il la saisit délicatement et dépoussière sa robe couverte de terre et de brindilles. Rêche, sombre et imparfaite la Belle des Bois, offre ses rondeurs à celui qui sait la trouver. Leo se relève triomphant, un début d'érection gonfle son pantalon : « Te voilà ma belle, princesse du maquis… » Il l'hume à plein nez, parcouru d'un frisson de bonheur. Enfin repu, il enfouit la truffe au fond du sac et reprend le chemin du village.

Pâté d'amore

8h30. Un pâle soleil de décembre tente de percer les nuages. Giorgio s'affaire depuis longtemps dans l'arrière-boutique glacée du magasin : devant lui s'étalent saucisses sèches, pâtés en croûte mats et brillants, œufs en gélatine, mortadelle aux pistaches, saucisson à l'ail et jambons de pays qu'il accrochera comme des trophées au-dessus de la caisse. Giorgio est un charcutier artisanal. Il tue encore ses cochons comme le lui a appris son grand-père immigré du Piémont. Un maquignon qui fit fortune de ce côté des Alpes. Aldo, son père, simple boucher, se contentait de tailler la viande à grand coup de hachoir puis de courir la livrer chez de jolies clientes veuves ou célibataires de préférence... Il en mourut d'infarctus à cinquante ans, le pantalon au bas des pieds. Giorgio grandit dans l'ombre d'une mère anxieuse et délaissée et d'un grand –père malin qu'il adorait. Plus sensible et introverti que son père coureur de jupons, il apprit le métier de charcutier en suivant les conseils de l'aïeul piémontais et en adaptant les recettes au goût des provençaux, ses futurs clients.

Dix ans après, la charcuterie est l'une des plus renommées du canton. Sa mère, petite souris aux cheveux gris, trône à la caisse, heureuse de la réussite de ce gros fils un peu gauche. Mais pourquoi ne se marie-t-il pas ? Elle n'attend plus que des petits-enfants pour être parfaitement heureuse. Giorgio évite l'argument. Il rougit puis hausse les épaules. « Je suis encore jeune, maman, j'ai le temps. Le boulot d'abord. »

Tous ses copains d'enfance vivent en couple. Giorgio a même souvent été témoin de mariage ou fournisseur officiel de banquet... mais lui ne s'est jamais fiancé. Quelques attouchements sur la plage, ado, les nuits d'été, un dépucelage avec une professionnelle et une aventure avec une écolo qui le culpabilisait sur la souffrance animale…

Et pourtant Giorgio est amoureux. Depuis cet après-midi de septembre où une auréole de feu est entrée dans son magasin…puis dans son cœur. La jeune femme portait une jupe longue fendue sur le côté qui découvrait ses cuisses musclées à chaque coup de pédale. Elle appuya son vélo contre la vitrine, chose intolérable pour le charcutier qui cette fois, n'avait même pas bronché. Il lui avait souri, hypnotisé par cette masse de cheveux flamboyants dans le soleil d'automne. Les bras chargés de tracts, elle avait demandé :

- Bonjour, je peux vous en laisser quelques-uns ? C'est pour un cours de tango qui commence mardi prochain.

Giorgio ne se souvenait plus si à cet instant le magasin était vide, si sa mère était à la caisse ni même ce qu'il était en train de faire…Complètement sous le charme, il avait balbutié :

- Du tan…tango ? Mais oui, bien sûr. J'adore le tango !

Elle avait souri en inclinant la tête sur le côté :

- Vraiment ? Alors venez-vous inscrire, on manque souvent d'hommes au cours du soir.

- Euh…C'est vous qui enseignez ?

- Oui. – Elle avait tendu une main fine et nerveuse aux ongles coupés courts - Isabel Munosz. Enchantée.

- Giorgio Mattei. Vous êtes espagnole ?

- Argentine. Et vous ?

Giorgio avait eu un mouvement d'épaules, comme pour s'excuser de la banalité :

- D'origine italienne, mon grand-père…

46

- Bon, eh bien merci pour les tracts. Je dois filer maintenant. Alors à mardi ?

- Oui, à mardi. Au revoir.

Giorgio avait répondu comme dans un rêve. Il n'avait jamais pratiqué de danse de salon et encore moins de tango argentin qu'il ne connaissait que de nom. Le jour même, il rafle tout ce qui parle de Tango au kiosque d'à côté, avec deux CD en sus. Le mardi suivant, en avance de vingt minutes, il se présente empesé dans son habit du dimanche, au cours d'Isabel Munosz. Elle rit :

- Bonsoir ! Tu serais mieux en survêtement, on va suer ici…

Le tutoiement le ravit puis le fait rougir. Le groupe composé surtout de femmes de tout âge et de quelque play-boy grisonnant, commence les échauffements. Giorgio s'applique. Son gros corps suit difficilement. Il s'interrompt, écrase quelques pieds, puis s'appuie contre le mur pour reprendre son souffle. Isabel « l'utilise » pour quelques pas de démonstration :

- Serre-moi plus fort ! C'est l'homme qui guide sa partenaire. Un, dos, tres…Comme ça.

Il rougit de plus belle, sa vue se brouille d'émotion de sentir le corps si ferme de la danseuse entre ses bras. La sueur dessine de larges auréoles sur sa chemise blanche. Mais Isabel aussi transpire. Une fine rosée sur le front… que Giorgio voudrait lécher sans vergogne.

Pause. On rit, on boit du coca. Giorgio aussi, qui déteste ça. Puis on reprend, on glisse sur le parquet, des crampes dans les mollets, le bandonéon lancinant dans les oreilles.

Giorgio rentre chez lui, épuisé mais heureux. Il a trouvé sa raison de vivre : une belle argentine en exil, à la peau mate et aux cheveux roux. Il murmure son nom tous les soirs en s'endormant : Isabel, belle…C'est Quasimodo qui rêve d'Esmeralda. Bien que lui ne se sente pas si laid. Depuis qu'il danse le tango, il a maigri ; il chantonne en travaillant. Sa mère soupçonne quelque chose. Echaudée, elle méprise le tango et toutes les danses lascives où le couple imite l'acte sexuel. Giorgio ne révèle rien. Il attend le mardi comme si c'était un jour de fête, un feu d'artifice en début de semaine...

Il guette le regard d'Isabel, ses remarques, son sourire. Il voudrait tellement lui plaire. En deux mois, il s'est beaucoup amélioré : plus souple et plus ferme aussi. L'amour fait des miracles. Un soir de novembre, alors qu'il pleut à verse, Giorgio ose proposer à Isabel de la raccompagner chez elle. Elle hésite une seconde, puis accepte :

- D'accord, je risque d'attraper une bronchite par un temps pareil ! Je récupérerai mon vélo demain.

- Mais non regarde, on peut le mettre à l'arrière de mon 4x4.

- Oh merci Giorgio, tu penses à tout.

Le charcutier se sent submergé par une vague de tendresse. Il soulève le vieux biclou comme si c'était un fétu de paille et le fiche à l'arrière du véhicule. Isabel habite en banlieue, dans une vieille bicoque qu'elle partage avec une amie peintre :

- C'est moche et mal chauffé mais au moins Annie peut peindre au rez-de-chaussée : elle s'est créé un atelier. Tu veux voir ?

Giorgio accepte même s'il ne connaît rien à la peinture, trop heureux de prolonger quelques minutes en compagnie de sa belle. Il se gare devant la pauvre grille déglinguée. Descend le vélo sous la pluie battante et suit Isabel jusqu'à la maison.

Dans une cuisine-atelier qui pue le gaz, Annie est campée derrière un chevalet. Efflanquée, l'air farouche, elle le salue à peine.

- Annie, je te présente Giorgio Mattei, un de mes élèves.

Il aurait préféré qu'elle dise « un ami », il est un peu mal à l'aise.

- Il a proposé de me raccompagner à cause du mauvais temps. Giorgio, regarde ce que peint Annie. Tu aimes ?

Elle s'empare d'un tableau appuyé contre le mur. Annie bougonne de faire attention. Un corps de femme décharné, rouge sur fond noir, des bras squelettiques qui se tendent vers le ciel. Tout le tableau exprime la souffrance. D'autres représentent des visages émaciés aux yeux immenses et vides. Giorgio est de plus en plus mal à l'aise. Il se sent oppressé. L'odeur du poêle à gaz sans doute.

- Annie prépare une expo sur l'anorexie. Je lui ferai un peu de promo au prochain cours de tango.

- Oui bien sûr, c'est une très bonne idée. Articule Giorgio en se rabattant vers la porte.

Il salue à la cantonade, Isabel, charmante, le remercie encore. L'homme avale goulûment l'air frais de la nuit, puis remonte en voiture.

Aujourd'hui c'est le dernier mardi avant les vacances de Noël. Isabel a proposé une petite fête à la fin du cours, chaque élève apportant quelque chose à manger. Giorgio a prévu de petits friands au Gorgonzola mais c'est surtout pour Isabel qu'il a préparé un don particulier. Cela fait une semaine qu'il y pense. Il désire lui faire un beau cadeau. Quelque chose de personnel qui le distingue des autres dont il a entendu les suggestions au vestiaire : un foulard, un parfum, une trousse à maquillage…Trop banal.

Giorgio réfléchit la nuit les yeux grand ouverts : ce qu'il sait faire le mieux, c'est la charcuterie. Donc, il préparera un pâté en croûte spécial-Isabel. Tout excité par cette idée géniale, il se lève bien avant l'aube et sans prendre le temps de boire un café, descend dans son arrière-boutique. Il hache fin les meilleures viandes : du veau, de la dinde, de l'oie et une pointe de gibier (du lièvre) pour relever. Des herbes de Provence et du Piémont, du genièvre, une larme de cognac. Il improvise en sifflotant un air de tango. Enfin il cuit le tout dans une pâte briochée. Il découpe habilement sur la croûte dorée un couple stylisé qui danse le tango. Un fumet odorant embaume toute la pièce. Son apprenti le trouve dans un état fébrile quand ils s'attaquent aux commandes des clients :

- Amoureux, patron ?

- Peut-être…

Le nez pointu du jeunot frémit de plaisir :

- En tout cas ça sent super bon !

Fier de son œuvre, Giorgio la met de côté pour pouvoir l'emballer joliment. Puis, il se dit que cela ne suffit pas. Même s'il fait livrer à domicile loin des regards des curieux du cours de danse, comment pourra-t-elle interpréter ce « Tango en croûte » et deviner tout l'amour qu'il y a derrière ? Le charcutier veut sortir à découvert. Il se dit que la pause de Noël sera excellente pour la faire réfléchir : il a tellement de tendresse (et de confort, disons-le) à lui donner !

Il l'imagine parfois les longs soirs d'hiver en train de se serrer autour du poêle avec Annie l'anorexique… deux artistes en pleine période de vache enragée. Mais lui, il en a des tonnes de vache à lui faire bouffer, ou plutôt du bœuf, du porc, de la volaille…et un bon lit douillet, et des bras pour l'enlacer. Giorgio rêve les yeux ouverts. Il parle à Isabel le matin en se rasant. Il s'interrompt parfois dans son travail pour l'imaginer derrière la caisse ou servant un client. Il la voudrait avec lui jour et nuit. En fait, surtout la nuit. Sa grosse main poilue glisse sous les draps. Les yeux fermés, il se projette l'image de ses jambes musclées sous la jupe fendue et jouit en quelques secondes.

Il doit donc lui écrire une lettre pour accompagner son cadeau. Il n'a plus qu'une heure avant le cours de Tango. Pourquoi n'y a-t-il pas pensé plus tôt ?

Chère Isabel…La main hésite, malhabile avec un stylo. Le mieux est de ne pas trop tourner autour du pot… Isabel, je t'aime, je te désire comme un fou, je veux t'épouser…Non, trop brutal. *Porcamiseria*…dirait son grand-père. Comment parle-t-on aux femmes ? Comment faisait son Casanova de père pour les séduire au-dessus du comptoir ?

Il déchire la feuille et recommence. Il s'applique comme au cours de danse. Il essaie d'être le plus sincère possible et en fait, cela ne marche pas si mal : la première fois qu'il l'a vue entrer au magasin touché par sa chevelure de feu, les premiers cours de tango, son rire, ses dents parfaites, sa poigne ferme et les perles de sueur qu'il voudrait lécher sur son visage…Tout ce qu'il évoque pour mieux la séduire, le regard-miroir de l'amoureux transi. C'est sa première lettre d'amour et il la glisse dans le paquet du « Pâté d'amour » puis demande à son apprenti de le livrer le soir même pendant qu'ils seraient au cours de danse.

La leçon finit un peu plus tôt. L'argentine change de C.D : on danse sur du rock andalou, on grignote, on débouche du champagne, on offre au prof un magnifique foulard à motifs provençaux. En passant près d'elle, Giorgio lui murmure que son cadeau est déjà arrivé à domicile, il n'a pas pu résister à l'euphorie du moment (la petite fête est très réussie). Ne jamais boire à jeun, disait son grand-père maquignon, on a tendance à trop parler… On se sépare enfin, on s'embrasse. On se dit à l'année prochaine.

- Faites vos assouplissements- recommande Isabel- et ne mangez pas trop !

Giorgio la quitte en dernier, chagriné de ne plus la voir pendant deux mardis de suite. Elle le salue chaleureusement.

Le lendemain, veille de Noël, alors que la queue des clients déborde jusque sur le trottoir, Giorgio voit l'auréole de feu entrer dans le magasin. Son cœur bondit d'émotion : déjà ?? Est-ce bon signe ? Sa mère se crispe sur son tiroir-caisse. Isabel salue d'un signe de tête et s'adresse à Giorgio, l'air tendu :

-On peut parler ?

- Bien sûr, viens par là.

- Giorgio ! Glapit la vieille.

Murmures de clients mais le charcutier s'est déjà effacé pour faire entrer sa belle dans l'arrière-boutique.

- Brrr...

- Oui, ici il fait froid, désolé, mais on est plus tranquilles.

Silence embarrassant. Isabel regarde autour d'elle. Giorgio regarde Isabel.

Enfin elle sort le pâté en croûte de son grand sac à main, encore à demi emballé dans le papier cadeau.

- Ecoute Giorgio...J'ai été très touchée par ce que tu m'as envoyé, vraiment, ça m'a fait très plaisir, mais je ne peux pas accepter.

Et comme Giorgio fait mine de répondre, elle lève sa belle main aux ongles courts :

- Laisse-moi finir, c'est déjà assez difficile comme ça. Je voudrais te parler aussi de ta lettre. Je ne m'y attendais pas. Je ne pensais pas avoir provoqué un tel sentiment en toi. Pour moi, tu es un élève comme les autres, enfin pas tout à fait, peut-être un peu plus sympa, parce qu'on a plus ou moins le même âge... mais tu ne dois pas tomber amoureux de moi.

- Pourquoi ?

Giorgio a la gorge nouée. Isabel lui fait un pauvre sourire :

- Parce que je vis avec Annie, Giorgio. C'est...c'est la femme de ma vie.

Encore abasourdi, le charcutier fait l'effort de prononcer :

- Mais pourquoi refuser le pâté en croûte ?

- Annie est très jalouse… Elle risque de me le jeter à la figure. Ce serait dommage, il a l'air si bon…

Ils sont interrompus par la mère de Giorgio qui passe son nez dans l'embrasure de la porte :

- Alors, tu viens ? Les clients s'impatientent.

Isabel en profite pour s'esquiver.

Giorgio balbutie :

- J'a…j'arrive.

Enfin seul, il s'effondre sur une caisse, la tête entre les mains.

Le jeune commis qui sort de la chambre froide, un chapon sous chaque bras, le dévisage stupéfait. Il aperçoit le « Tango en croûte » resté intact sur le marbre :

- Merde, patron, encore une végétarienne ?

Caffè Amaro

7h20. Périphérique bondé. Des rafales de vent humide secouent les lauriers roses. Novembre pluvieux sur la Cité éternelle, mais Settimo sifflote au volant. Vendredi. Enfin ! Ce soir, il saura si elle accepte de le rencontrer. ELLE, qu'il n'a jamais vue, mais qu'il semble connaître depuis toujours. Depuis un mois en fait. Depuis qu'un soir d'ennui, en naviguant sur la toile, il est tombé sur son blog de poésie. *POCAHONTAS*. Un pseudo si doux. Elle écrit : « C'est mon idole. De longs cheveux noirs, l'amour de son peuple et de la nature. Le chant, le goût de la liberté »… Lui gribouille des poèmes qu'il signe *AUGUSTO*. Un nom d'empereur. Si fier de ses ancêtres romains mais issu de Fiumicino, ni ville ni campagne : du béton et des moutons qui broutent près de l'aéroport. Quand sa mère accoucha de lui il y a 25 ans, elle décréta : « Settimo, basta ! Le septième, et on arrête. » Le médecin la stérilisa mais le prénom était donné.

Settimo pile brusquement. Une moto surgit et le double sur la droite : « Stronzo ! » Puis il sourit. Dans une heure il sera au Lycée Macchiavelli pour recharger les distributeurs de boissons, dans deux, au bureau de poste du Colysée, dans trois, au centre commercial d'Auchan… Dure journée d'embouteillages en perspective mais qui passerait très vite.

Il avait tout appris en une heure. C'est ça l'intérim : s'adapter, se débrouiller seul en cas de pépin. Il avait signé pour deux mois. Sa vie était hachée au rythme des contrats à durée déterminée. Il avait quitté l'école trop tôt. Il s'en rendait compte maintenant. Parfois les mots lui manquaient. Quand il sentait cet amour immense le soulever comme une vague, quand il voulait souffler au clavier

toute la tendresse que lui inspirait POCAHONTAS ... Elle disait :
« J'ai un physique ingrat mais je sais sourire. La poésie est ma
liberté. Quand j'écris je vis. Qui souffre me comprend... »

Comment résister ? Après de timides échanges où il avait un peu
raconté sa vie, ou plutôt son désarroi face à la vie, elle l'avait
encouragé à s'exprimer par l'écriture. Grâce à elle, il ouvrait un
dictionnaire, il lisait des poètes. Elle souhaitait « se détacher des
contingences matérielles, si laides ». Elle proposait : « Ne parlons
pas de nos vies mais de nos rêves. Libérons nos âmes ». Envoûté, il
avait sollicité un rendez-vous. Elle avait dit : « Peut-être. Attendons
vendredi ».

Settimo doit se garer en troisième file. Les parents anxieux
déposent leurs rejetons jusque sous le porche du lycée, une bâtisse
austère munie d'une cour intérieure et d'une chapelle privée. Il fait
glisser la porte latérale du fourgon et, la commande entre les dents,
empile quatre cartons d'eaux et de sodas sur le diable. Gymkhana
entre les scooters. Gardien, couloir, distributeur, clés, recharge.
Cartons vides à jeter. Automatismes vite acquis.

Plus d'une heure pour atteindre le bureau de poste à cause d'une
manifestation d'employés précaires sur l'avenue du Forum
impérial. Il devrait en faire partie mais son destin professionnel ne
l'intéresse plus. Seul l'émoi des mots de cette femme sur l'écran
lui donne envie de vivre. SES mots. SA douceur. SES silences.
Incroyable combien deux jours sans message l'agitent au plus haut
point. POCAHONTAS. Ce soir.

Un client bourru lui demande de la monnaie quand il vide la caisse
du distributeur de snacks. A l'embauche, on l'a averti : Refuse, ou
tu passes ta journée à refaire les comptes. Il accepte en souriant :
vendredi d'amour.

Alors qu'il mord dans sa pizza à la pause-déjeuner, son portable
sonne : une urgence. Le distributeur de chez Manfredi avale les
pièces sans servir de café. Manfredi, un gros client qu'il connaît

par ouï-dire. Il accepte le dépannage. Quartier EUR. Gratte-ciel en verre, dixième étage. Manfredi Marketing and Communication. Moquette, marbre, ascenseur. La secrétaire se jette sur lui :

- Ah enfin vous voilà ! Ça fait deux heures qu'on vous attend…On a une très grosse réunion aujourd'hui et la machine à café est en panne. Venez, c'est par là.

Settimo ouvre le ventre du malade. Tuyaux d'arrivée d'eau bouchés. Crasse, calcaire. Impossible à nettoyer en cinq minutes. Il avertit la secrétaire qui se tord les mains :

- Oh non, faîtes quelque chose, je vous en supplie, le conseil d'administration se réunit à quatorze heures. On peut pas rester sans café !

Settimo regarde par la baie vitrée. De gros nuages noirs courent dans le ciel. Il doit encore passer chez trois clients avant 17 heures. Il soupire en hochant la tête :

- Bon. Apportez- moi une cuvette et un tournevis.

Il s'agenouille sur la moquette et démonte les tuyaux l'un après l'autre, il souffle dans l'un, en rince un autre. Fait plusieurs essais avec et sans café, sous le regard sceptique des employés qui empruntent le couloir. Soudain, la secrétaire bondit sur ses pieds : la porte de l'ascenseur chuinte et laisse entrer un groupe vêtu de noir. C'est la première chose que Settimo distingue en levant les yeux. Des croque-morts. Puis il voit une petite boulotte au chignon gris encadrée de deux gardes du corps. Elle est suivie par des hommes-attachés-case. La secrétaire se précipite à leur rencontre :

- Bonjour Signora Manfredi, signori… Par ici.

Ils frôlent l'intérimaire sans le voir. La jeune femme s'efface pour ouvrir les battants de la salle de réunion. La Signora Manfredi jette :

- Denise, cafés.

La secrétaire roule de gros yeux inquiets vers Settimo encore agenouillé derrière le distributeur. Il hausse les épaules :

- On peut essayer.

Settimo referme la plaque arrière et met en route le distributeur à l'aide de sa clé. La machine vibre, puis gargouille, éructe un verre en plastique, émet un sifflement mais aucun liquide odorant ne vient remplir le godet. Le garçon se gratte la racine des cheveux qu'il a noirs et frisés.

- Alors ?

- Ben, je comprends pas…J'ai pourtant essayé de tout nettoyer mais rien ne sort.

Il repasse derrière la machine. La secrétaire s'approche les poings sur les hanches. Elle risque un de ses yeux globuleux sous le robinet muet du distributeur. A ce moment-là, Settimo donne un grand coup d'épaule à la portière mal fermée. Le café bouillant jaillit à l'improviste et inonde le visage de la jeune femme qui s'enfuit en hurlant.

Toutes les portes s'ouvrent en même temps. Le couloir est envahi d'employés alarmés. Brouhaha, confusion. Secrétaire en larmes et patronne en pétard. Settimo décampe sans demander son reste. Il sait qu'il risque gros mais il ne se sent pas capable d'affronter dix personnes en colère. Pas ce soir. Il faut rester zen pour ce qui l'attend.

Il finit sa tournée sous une pluie battante sans répondre au portable qui bourdonne sans cesse. Manfredi et compagnie ont sûrement porté plainte… Envolé le contrat. Fini l'intérim.

Et puis tant pis, la vie est ailleurs.

Settimo gare le fourgon au pied de son HLM. Il le reportera demain à son patron. Il grimpe quatre à quatre les escaliers éternellement privés d'ascenseur. La sacro messe du 20 heures a commencé quand il salue sa famille prête à passer à table.

- Commencez sans moi, je me change !

Settimo s'enferme à clé dans la chambre qu'il partage avec son frère, l'avant-dernier, comme lui encore à la maison. Il allume son ordinateur. Il s'assoit en retenant son souffle. Une minute d'attente délicieuse. Libero mail. Un message. La voilà !

Doux AUGUSTO,

Une fois n'est pas coutume... Je dois te raconter ce qui m'est arrivé aujourd'hui, d'autant que cela risque de compromettre notre première rencontre : un incompétent est venu réparer la machine à café au bureau et à cause de lui, ma secrétaire est brûlée au deuxième degré. J'ai dû l'accompagner aux urgences.

Heureusement la poésie est là pour survoler la bêtise humaine. Et aujourd'hui je me sens comme l'albatros de Baudelaire « prince des nuées, qui hante la tempête et se rit de l'archer »...

Libérons nos âmes, mon ami de plume. A très bientôt. POCAHONTAS.

Alors Settimo ouvre la fenêtre, enjambe le rebord et libère son âme en se lançant du cinquième étage.

Neorealismo

Flora resserre sa jupe autour de ses jambes maigres. Ce n'est pas le moment de se faire remarquer. Trois heures déjà qu'elle voyage immobile dans ce compartiment surchauffé, écrasée entre le corps massif d'une mère de famille et celui d'un curé qui pue l'ail. La grosse femme est bien brave ; elle a fait semblant d'avaler son bobard - oui, je voyage seule parce que je vais rendre visite à ma grand-mère à Marseille qui est bien malade – et l'a nourrie de panini à la *frittata,* l'omelette froide des italiens en voyage. Flora lui en est grée et a joué plus d'une heure avec son bébé jusqu'à qu'il s'endorme à plat ventre sur les genoux de sa mère. L'aîné des trois enfants apprend à compter et tourmente Flora pour savoir ce qu'il y a après le nombre mille. La jeune fille voudrait fermer ses yeux brûlants de fatigue, mais un état de surexcitation mentale et de vigilance extrême l'empêche de s'abandonner tout à fait. Elle jette de temps en temps un coup d'œil sur les plages dorées de la Côte d'Azur qui défilent bien trop lentement à son goût. Depuis la frontière française, le train s'arrête partout. Elle a eu très peur ce matin à Ventimille. Aucun papier sur elle et les douaniers qui montaient deux par deux. La grosse femme avait tendu un livret de famille tout gras d'huile d'une main alors qu'elle changeait le bébé de l'autre. Grimace du douanier saisissant le document du bout des doigts, puis signe de tête en direction de Flora qui tenait le benjamin sur ses genoux.

- Et elle ?

- C'est ma nièce.

- Vos papiers, s'il vous plaît.

- Oh, quelle étourdie, je les ai laissés dans la valise, répliqua promptement la mère de famille. Si vous me tenez le bébé, je vais vous les prendre.

Le curé n'était pas encore monté à bord et la famille occupait tout le compartiment. Le jeune blanc-bec réprima un haut le cœur face au petit derrière douteux dont la puanteur envahissait l'espace. Il repoussa la proposition d'une main.

- Non, non ça va comme ça. Bon voyage.

Il s'empressa de refermer la porte coulissante derrière lui. Flora sourit timidement à son ange gardien et la remercia d'une petite voix étranglée. L'italienne haussa les épaules.

- Pas de quoi ! J'ai été jeune moi aussi. Tu vas retrouver ton amoureux, c'est ça ?

Flora rougit mais ne démentit pas ; en fin de compte cette version des faits l'arrangeait bien. Deux jours déjà qu'elle avait quitté sa Calabre natale sur les traces de sa sœur aînée. Assunta avait fui l'horreur d'un mariage combiné presque deux ans auparavant.

Une troupe cinématographique avait séjourné toute une semaine à San Donato, leur petit village en pierre blanche, agrippé à la colline. Le metteur en scène, un français efflanqué muni de lunettes à double foyer, tournait un film « néo-réaliste. » Le maire avait expliqué que les habitants devaient se comporter exactement comme tous les jours de la semaine : se lever avant l'aube, tirer l'eau du puits, grimper à dos d'âne vers leurs champs d'oliviers, préparer le pain, traire les chèvres, bref, trimer du matin au soir pour essayer de survivre dans la pointe de la botte desséchée par le soleil. Assunta et Flora s'étaient demandé ce qu'il y avait de si intéressant à filmer ainsi la monotonie de la vie du village. Pour elles, en ce début des années 50, le cinéma signifiait luxe, gloire, évasion, vedettes américaines et baisers volés dans la salle enfumée.

La troupe logeait à la bonne franquette dans l'ancien couvent situé sur la place de San Donato. Les deux sœurs avaient eu le privilège de porter les plats confectionnés par les femmes du village. Un peu de cuisine en échange de quelques lires bienvenues dans ce coin perdu d'Italie. Elles avaient timidement effleuré un monde inconnu de caméras et de techniciens, de femmes aux cheveux courts et d'hommes débraillés qui guettaient la « bonne lumière ». Giuseppe, le futur mari d'Assunta, le curé et tant d'autres au village, se méfiaient de ce milieu factice « d'attrapeurs d'images ». « C'est pas un métier d'hommes… - maugréaient-ils- ils ont les mains trop blanches. » Le soir, montaient du patio du couvent, des rires, des chants et des airs de guitare. Les deux sœurs, penchées à leur fenêtre, tentaient goulûment d'en attraper des bribes, se crevant les yeux dans le noir pour reconnaître une silhouette par-dessus le mur. La dernière nuit, Assunta s'éclipsa. A l'aube, Flora ouvrit un œil et vit une ombre se glisser par la fenêtre.

- Flora, c'est moi. Je pars en France avec les gens du cinéma. Je ne veux pas épouser Giuseppe. Ne dis rien aux parents, je vous écrirai.

Elle avait rassemblé quelques affaires, serré dans ses bras sa petite sœur encore engourdie de sommeil, puis disparu silencieusement comme elle était venue. Le lendemain, abasourdie, Flora avait constaté qu'elle n'avait pas rêvé. Sa sœur aînée s'était bel et bien échappée avec toute la troupe. On l'avait aperçue, jambes pendantes, accrochée à la bâche d'un camion. Giuseppe et ses parents la maudirent. Assunta avait dix-huit ans et une furieuse envie de voir le monde. Flora devint soudain l'aînée de la fratrie, elle qui se reposait depuis toujours sur la plus grande. D'abord choquée, puis en colère, elle avait peu à peu compris le geste de sa sœur et refusé elle aussi le sort d'épouse qui lui était destiné. Durant ces deux dernières années, loin de la protection de son aînée, Flora avait mûri en rongeant son frein.

Aujourd'hui Flora a presque atteint les dix-huit ans qu'avait sa sœur le jour de sa fuite. Elle serre contre son cœur les trois lettres d'Assunta reçues en deux ans d'absence... enfin, deux lettres et une carte postale. Bien maigre trésor qui déciderait de son destin. Elle partirait elle aussi, à la conquête du monde. Certes, le plus dur reste à faire. Hier matin, elle a profité d'un enterrement à Cosenza pour ne pas reprendre le car avec toute la famille et cela avait été un jeu d'enfant que de se glisser hors de l'église durant la messe puis de courir jusqu'à la gare pour sauter dans le premier train en direction de Rome. Elle avait vendu sa chaîne en or et économisé sur les sous du dimanche, ces quelques centimes jetés par leur père pour s'acheter des rubans ou des bonbons. Contrairement à sa sœur, elle avait prémédité sa fuite. Aujourd'hui, Flora se dirige vers Marseille, d'où Assunta lui a écrit les lettres qu'elle connaît par cœur :

Chère sœurette,

Nous sommes enfin arrivés à Marseille après huit jours de voyage épuisant. Maxime, le preneur de son, est très gentil avec moi. Il propose de m'héberger en échange de menus travaux ménagers. C'est exactement ce qu'il me faut même si je ne gagne pas beaucoup d'argent. Je suis désolée pour mon départ précipité, dis bien à papa et maman que je leur enverrai bientôt ma nouvelle adresse. Je t'embrasse bien fort ainsi que toute la famille.

Ta sœur qui t'aime, Assunta.

La deuxième lettre, datée six mois plus tard, était beaucoup plus elliptique ; toute allusion à Maxime avait disparu :

Ma chère Flora,

J'espère que vous allez tous bien.. Je vis toujours à Marseille, j'ai trouvé un travail nourrie-logée chez Madame Albert, pas exactement ce dont je rêvais mais je ne me plains pas. Garde toujours ta dignité ma chérie et reste fidèle à toi-même. Ta grande sœur qui ne t'oublie pas, Assunta.

Enfin la carte postale tachée de café, qui remontait au mois dernier et représentait Notre-Dame- de- la- Garde veillant sur la ville :

Ma chérie,

Je t'écris du Vieux –port qui ne manque pas de charme mais je regrette parfois le village de notre enfance. Je prie la Bonne Mère pour qu'elle veille sur vous tous. Embrasse bien toute la famille pour moi. Ton Assunta.

Flora n'avait jamais pu répondre à sa sœur et avait bien peu d'éléments pour la retrouver. Elle n'ose pas questionner la brave mère de famille qui, de toute façon, descend à Toulon. Les deux dernières missives avaient été oblitérées Avenue de la Canebière. Elle se dit, vaguement inquiète, qu'elle demanderait son chemin à un agent de police. Et qu'elle chercherait cette madame Albert autour du vieux port, qui sait… ? Peut-être tomberait-elle nez à nez avec sa sœur occupée à faire les courses de sa patronne… Oui, elle doit avoir confiance en sa bonne étoile. Tout s'est bien passé jusqu'à présent, de la fuite de l'église de Cosenza jusqu'au changement de train dans l'énorme gare de Rome Termini. Elle avait suivi un groupe de religieuses qui parlait français. Elles avaient demandé au guichet de quel quai partait le train de nuit pour Ventimille et Flora les avait suivies. La jeune fille avait juste eu de quoi payer son billet, mais plus assez pour boire et manger. Elle avait bu abondamment à la fontaine de la gare puis attendu deux heures, cachée derrière un pilier que le train s'ébranle à minuit. Elle était restée les yeux grands ouverts toute la nuit, terrorisée par le mouvement continu des voyageurs qui montaient et descendaient entre Rome et Ventimille. A la frontière, elle avait dû changer pour Marseille. C'est là que la mère de famille l'avait prise sous son aile en l'accueillant dans le compartiment, comme s'il lui appartenait.

Le train entre enfin en gare de Marseille Saint Charles, terminus du train. Flora saute à terre et suit le flot humain jusqu'à la sortie. Elle découvrit d'immenses escaliers blancs qui descendent vers une large avenue ensoleillée. Elle les emprunte d'un pas léger, à la fois heureuse d'être arrivée et anxieuse de trouver son chemin. Son instinct la pousse vers la mer. Elle débouche tout naturellement sur le Vieux port grouillant de vie en plein midi. Les terrasses des cafés regorgent de monde à l'heure de l'apéritif, les poissonnières harponnent les derniers clients, les voitures et les vélos slaloment entre les piétons et un tram la frôle en klaxonnant. Flora se réfugie dans une rue perpendiculaire et aperçoit un facteur qui fait sa tournée. Elle a le réflexe de lui barrer le chemin, surmonte sa timidité et baragouine en mauvais français :

- Vous connaître Assunta Di Loreto ?

- Qui ?

- Assunta, moi sœur. Travaille chez maison madame Albert.

Le facteur la dévisage un instant puis répète sa question plus lentement :

- Elle travaille chez Madame Albert ?

Flora hoche la tête énergiquement. Le facteur semble l'avoir comprise. Il relève sa casquette réglementaire pour se gratter la tête :

- Chez Madame Albert, vous êtes sûre ?

Flora exhibe la deuxième lettre qui, bien qu'écrite en italien, finit par convaincre le fonctionnaire.

- Pétard, en effet…Bon, alors continuez, c'est par là.

Le facteur lui indique le bout de la rue et lui fait signe de tourner deux fois à gauche.

- Quartier du Panier, vous trouverez une rue en escaliers, puis vous demanderez.

Flora le remercie chaleureusement puis s'enfile dans les rues le cœur en fête. La chance lui sourit, elle a vraiment bien fait de s'enfuir de San Donato où l'attendent une vie médiocre et un mari jaloux. Elle voudrait voler de ses propres ailes et imiter sa sœur adorée qu'elle est sur le point de serrer dans ses bras. Quelle tête va faire Assunta en la voyant !

Dans le quartier du Panier, un gosse crasseux lui indique une lourde porte en bois. Pas de nom ni de plaque en cuivre, juste une sonnette anonyme au son étouffé. La porte grince et un vilain nabot pointe son nez. Il porte une calotte sur son crâne bosselé.

- C'est pourquoi ?

Flora n'a jamais vu de nain de près ; effrayée, elle a un mouvement de recul et pense avoir fait erreur. Elle bredouille :

- Maison madame Albert ?

- Oui, qui cherchez-vous ?

- Assunta Di Loreto. Moi sœur d'Italie.

Le nain la dévisage de ses yeux globuleux plus intensément que ne l'avait fait le facteur ; un sourire révèle des canines jaunies. Il ouvre tout grand la porte et l'invite à entrer.

- Suivez-moi, je vous en prie.

Soudain très intimidée, Flora le suit à petits pas. Il lui arrive à l'épaule et se dandine en marchant. Ils longent un triste couloir au papier peint flétri puis débouchent dans une pièce sombre qui sent le tabac et le renfermé. Le contraste avec l'extérieur ensoleillé est saisissant. Flora met quelques secondes à acclimater son regard à la pièce sans fenêtres : elle aperçoit de lourdes tentures, une table basse et un canapé où trône une femme blonde assez élégante absorbée dans la lecture d'une revue. Elle relève la tête :

- C'est qui Hercule ?

- Si j'ai bien compris, la petite sœur d'Assunta, qui nous arrive tout droit d'Italie.

La femme pose sa revue et soulève un sourcil fardé. Elle fait signe à la jeune fille de s'approcher :

- Comment tu t'appelles ?

- Flora, madame.

- C'est ta sœur qui t'a appelée ?

- Non, non madame. Moi faire la surprise. Elle pas savoir que je arrivée.

Flora tente de se remémorer le mieux possible les bribes de français apprises dans un dictionnaire en prévision de sa fugue mais la présence austère de madame Albert et la laideur du nain l'intimident. La femme soupire puis fait un geste sec de la main :

- Hercule, va la chercher.

Le nain obtempère à reculons et disparaît derrière une tenture. L'attente paraît infinie à la jeune fille qui doit subir un interrogatoire en règle :

- Tu as quel âge ?

-Dix-huit ans madame. (Désormais Flora ment systématiquement sur son âge)

- Tu es venue toute seule ?

- Oui madame, avec train.

- Tes parents t'ont laissée partir ?

- Non madame, je partie sans dire rien.

- Tu as des papiers ?

Flora bat quelques secondes des paupières. Devait-elle dire la vérité ?

- Non madame.

- Tu es mariée ou fiancée ?

- Oh non madame, je veux travailler. Comme Assunta.

Madame Albert hoche sa belle chevelure blonde en plissant des yeux. Un froissement de tissu se fait entendre. Flora tourne vivement la tête vers la tenture. Sans la reconnaître tout à fait dans la pénombre, elle sait instinctivement qu'il s'agit de sa sœur.

- Assunta !

La jeune fille se jette dans les bras de son aînée qui l'accueille en titubant.

- Flora ! Qu'est-ce que tu fais ici ? murmure-t-elle dans leur dialecte calabrais.

- Eh bien tu vois, je me suis enfuie moi aussi, je suis venue te rejoindre à Marseille.

Flora triomphe enfin ; elle goûte sa joie en détaillant son aînée muette de surprise. Assunta a changé, ses cheveux noirs et crépus semblent domptés et tirent sur le roux. Son teint hâlé de jeune paysanne a disparu et sa bouche fardée ressemble à celle des vedettes de cinéma. Elle a grossi et porte une robe décolletée qui découvre sa poitrine beaucoup plus généreuse. Flora la trouve très élégante malgré son air éteint. Assunta écarquille des yeux noirs désormais sans éclat. Madame Albert intervient d'une voix moqueuse :

- Alors Lola, tu ne dis rien ? Ta petite sœur a traversé l'Europe pour venir te voir et en plus elle veut travailler avec toi…

- Flora, nooon !

Un cri déchirant sort de l'opulente poitrine de son aînée. Avant que Flora n'ait le temps de se demander pourquoi sa sœur s'appelle

Lola, deux mains puissantes lui enserrent les poignets. Le nabot portait bien son nom …

- Emporte-la Hercule et amuse-toi bien.

- Déflorer Flora ? Avec plaisir…

Le nain ricane en dodelinant de la tête.

- Tu la mettras au premier étage ; Lola, prête-lui une robe, elle commencera demain.

La patronne s'adresse une dernière fois à Flora, blanche de terreur :

- Tu es embauchée Flora. Bienvenue chez Madame Albert, le paradis des marins.

Vendetta

Moi, j'ai jamais rien dit. Elle a toujours fait ce qu'elle voulait : yoga, piscine, cinéma avec les copines… J'ai beau être sicilien, je suis pas du genre hyper-jaloux et elle le sait très bien. Mais là, le rancard de ce soir, je le sens pas. Ça fait quelque temps que je la trouve bizarre. En fait, tout a commencé quand on est allés bouffer chez Mimi. Pour son anniversaire. La grillade dans la cheminée, les vieux copains du quartier, la fête battait son plein…et puis au milieu de la soirée, Lucia est montée au premier étage avec Paolo. Et ça a duré un bon moment. Quand j'ai demandé où elle était, j'ai bien vu que Mimi et les autres souriaient en coin. Ça c'est le genre de plan que je supporte pas : je suis bien sympa mais j'ai horreur qu'on se foute de ma gueule. Paolo est le seul célibataire du groupe et il est toujours sur un nouveau coup… Quand Lucia est redescendue, elle était toute rouge et embrassait tout le monde. Elle m'a dit qu'elle avait trop bu et qu'elle était juste montée se rafraîchir…Avec Paolo ? Ben, oui, lui aussi se sentait pas très bien, à cause de la sangria, c'est traître la sangria ….Bon, admettons.

Mes doutes ont repris le jour suivant quand je l'ai surprise en train de chuchoter au téléphone. Elle me croyait sous la douche, mais je suis revenu dans la chambre pour prendre une serviette et elle a raccroché d'un coup, comme si de rien n'était. Quand je lui ai demandé qui c'était, elle est restée dans le vague : rien, un faux numéro … Ouais, un faux numéro mon cul : j'ai très bien entendu qu'elle parlait à voix basse mais j'ai pas insisté parce qu'on était qu'au début d'une longue série de mensonges…

Le troisième avertissement ça a été samedi dernier quand, à l'improviste, elle a super insisté pour que j'aille pêcher avec les copains. Ce qui a fini par me décider, c'est que Paolo aussi devait nous rejoindre, Mimi, Beppe et moi. Mais au dernier moment, il a averti que sa batterie était à plat, ce con... Vous y croyez,vous ? Et Lucia n'a jamais répondu au téléphone de toute la journée…ni à la maison, ni sur son portable. En plus, il n'a fait que pleuvoir et quand on est rentrés trempés comme des soupes, elle n'était même pas à la maison. Elle m'a assuré qu'elle avait oublié son mobile, qu'elle avait passé la journée avec sa sœur et qu'elles avaient fait du shopping tout l'après-midi … sauf qu'elle n'a pas ramené un paquet et que sa sœur est une ancienne toxico qui ment comme elle respire. Puis dimanche soir, elle a dû sortir à l'improviste. Elle a prétexté que Silvia avait son gamin malade et qu'elle devait absolument aller lui prendre un truc à la pharmacie de garde. Quand je lui ai proposé de l'accompagner, elle a refusé de toutes ses forces en prétextant que j'étais déjà en pyjama, qu'il s'agissait juste d'arriver au bas de l'avenue et qu'elle allait vite rentrer. Je l'ai attendue une heure puis je me suis écroulé sur le divan… je ne sais même pas à quelle heure elle est rentrée. Mardi après-midi, ça a été le bouquet… Alors que je livrais à Leclerc, je les ai aperçus Paolo et elle devant le rayon hi-fi. J'étais tellement interloqué que je me suis planqué derrière une colonne pour mieux les observer. Lucia n'y connaît absolument rien en matos électronique et je tremble à chaque fois qu'elle prend le télécommande...Les filles adorent ce genre de mec à queue de cheval, faussement baba, bien moulé dans son tee-shirt … J'ai bien vu comme elle l'écoutait en penchant la tête sur le côté, en faisant semblant d'être super intéressée par ce qu'il racontait. Je la connais, ma bonne femme…quand elle met sa bouche en cul de poule et qu'elle vous touche le bras en riant, c'est qu'elle est mûre à point pour finir à l'horizontale. Là, mon sang de sicilien n'a fait qu'un tour dans mes veines… Faut pas abuser. Je sais pas comment j'ai fait pour pas lui casser la gueule à cet enfoiré. L'instinct de survie pour pas perdre mon nouveau boulot sans doute. J'ai tellement galéré pour dégotter cette place de livreur. Et c'est ça qui me déprime le plus…je me crève toute la journée pour lui offrir une vie décente, je lui demande pas grand-chose en échange, même pas qu'elle travaille, juste qu'elle s'occupe de la maison, qu'elle soit présente quand je rentre, mignonne, fidèle...et voilà comment je suis récompensé : elle me trompe avec un de mes meilleurs amis. Vendetta.

Mais là ça y est...je vais enfin la choper en flagrant délit. Depuis que je suis sur mes gardes, je l'observe beaucoup plus. Et hier je suis même rentré plus tôt. Mais bon, elle était tranquillement assise sur le divan en train de feuilleter un livre de cuisine...Elle semblait d'ailleurs toute contente de me voir et elle m'a sauté au cou. Son jeu me mine : comment elle fait pour continuer à faire comme si de rien n'était, à sourire, à bavarder comme d'habitude ? Même au pieu, elle continue à me labourer le dos dans l'extase !

J'en reviens pas de l'hypocrisie des bonnes femmes. L'autre soir j'étais à deux doigts de tout déballer...On était là tranquilles, en train de se peloter devant la télé...Je voulais lui dire : Lucia : je sais tout. Mais ce qui m'a arrêté, c'est que je n'avais aucune preuve...que des suppositions, des intuitions provoquées par son comportement bizarre. Il faut que je la chope en flagrant délit de cocufiage et le moment est enfin arrivé. Ce matin j'ai fait semblant d'aller travailler, j'ai planqué le fourgon dans la rue d'à côté et je me suis posté dans le square en face de la maison. Dès qu'elle est sortie, je l'ai suivie à pied tout l'après-midi : balade le long du canal pendue au bigophone (et après elle se plaint qu'elle n'a jamais de crédit sur son portable), deux heures de coiffeur dont elle est sortie toute méchée, une heure d'achat au rayon lingerie (avec ma carte de crédit, j'ose pas penser à ce qu'elle a pu acheter pour plaire à ce traître...) et maintenant apothéose : rancard pour l'apéro au Cavallo Bianco... Je l'ai compris à sa façon qu'elle a de regarder sa montre toutes les cinq minutes. Lucia a toujours été anxieuse d'arriver en retard. *Cazzo*, le Cavallo Bianco...Je sais très bien qu'ils ont des chambres au-dessus... parce qu'on en a profité elle et moi, le premier soir qu'on est sortis ensemble. On était

73

tellement excités durant le dîner qu'on est montés direct sans prendre de dessert. Ça me chiffonne un peu qu'elle ait choisi cet endroit pour me faire *cornuto* …mais peut-être que c'est ça qui l'excite cette femelle, et peut-être même dans la même piaule, vas-t-en savoir. Vendetta.

Et voilà Paolo, ponctuel comme un contrôleur des impôts. Ils s'embrassent sur les deux joues, comme si de rien n'était. Heureusement que j'ai encore des copains d'enfance dans le « milieu ». Contrôler son souffle, lever lentement le bras sans trembler, viser le crâne pour qu'ils s'écroulent sans bavures. Un et deux tant qu'à faire. Addio.

IL MESSAGGERO DI ROMA

FAITS DIVERS : Coup de folie meurtrière à l'Auberge du Cavallo Bianco.

Hier en fin d'après-midi, devant l'auberge du Cavallo Bianco, quartier Montesanto, une personne a été assassinée d'une balle dans la tête et l'autre grièvement blessée. Il s'agit de Lucia T. 38 ans, sans emploi et de Paolo F. 40 ans, employé Telecom. L'homme qui leur a tiré dessus, Maurizio T. a été cueilli en flagrant délit par une patrouille de police qui faisait sa ronde dans le quartier. L'assassin s'est révélé être le mari de la victime et bien connaître Jean-Paul F. qui a été transporté d'urgence à l'hôpital Santa Maria. Maurizio T. a été menotté sur le champ et transféré à la maison d'arrêt de Rebbibia en attendant d'être interrogé par le juge d'instruction. Il n'a voulu fournir aucune explication aux policiers quant au motif de son geste meurtrier. Maurizio T. sort d'une longue période de dépression mais semblait aller beaucoup mieux depuis qu'il avait trouvé un emploi de chauffeur livreur. La famille et les amis de Maurizio et Lucia T. sont atterrés car ils parlent d'un couple uni et sans histoires. Les employés de l'auberge du Cavallo Bianco ont même témoigné que Lucia T. était en train de préparer chez eux un anniversaire surprise pour les 40 ans de son mari avec l'aide de leurs meilleurs amis.

Amore libero

Dimanche 25 juillet... 18 ans, enfin ! Jamais je n'aurais pensé attendre le jour de ma majorité avec autant de hâte. En fin de compte, je ne suis pas si mal chez mes parents : aisés, cordiaux, un peu m'as-tu –vu, peut- être...très soucieux du qu'en-dira-t-on, sans doute... mais enfin, y'a pire. La famille de Malika par exemple. Malika, Bon Dieu ! Ma première pensée du matin est toujours pour toi. J'ai encore rêvé de ton corps fuselé. Plus que quelques heures, ma biche, et je suis à toi.

Fallait justement que ça tombe un dimanche ; j'ai dit à maman, un simple repas entre nous, pour marquer le coup...mais bien entendu, trop heureuse de pouvoir déployer tous ses talents de cuisinière, elle a invité le ban et l'arrière-ban de la famille italienne.

Mes parents sont d'origine calabraise. A chaque repas de famille, on évoque l'arrivée du grand-père en clandestin, accroché à un wagon de marchandises, une simple chemise sur le dos. Trente ans après, il dirige deux bars et un restaurant... Mon père et mes oncles ont repris le flambeau. La famille Di Giacomo fait partie des notables de la ville. Lourd héritage dont je voudrais me débarrasser.

J'ai préparé deux sacs. Ils m'attendent au pied du lit. Un coup d'œil circulaire à ma chambre d'enfant. Aucun regret. Aujourd'hui mon corps ne vibre que pour celui de Malika. Désormais ma vie est ailleurs.

La famille débarque, telle l'armée de Garibaldi à l'assaut de la Sicile : rouge, bruyante, euphorique. Alors Domi, comment on se sent à 18 balais? T'as maigri, toi... Tu vas pouvoir voter ! Et ce bac ? Tout s'est bien passé ? Tiens, ne dis rien à ta mère... Ma tante préférée me glisse une enveloppe avec 200 euros à l'intérieur...Bien utile vu ce qui nous attend, Malika et moi. Je la remercie chaleureusement. Achète-toi quelque chose de neuf, tu portes encore tes fringues de l'année dernière. Oui, Zia. Si elle savait.

Ma grand-mère verse une petite larme au dessert. Elle ne voit pas ses petits-enfants grandir, dit-elle...hier encore elle me berçait dans ses bras. Je l'embrasse pour ne pas lui faire de peine mais mon esprit est loin. Je survole la tablée de ripailles et je revois le corps mince et musclé de Malika qui se cambre de plaisir. J'embrasse son papillon tatoué au creux d'une cuisse ambrée. Juste là où sa peau est la plus douce. Elle sent la menthe et la cigarette. Je ne fume pas mais j'aime son parfum de blondes au creux du cou.

Antipasto de charcuterie, vol-au-vent, lasagnes faites maison, poulet fermier rôti, frites, tiramisu... j'ingurgite en automate, réponds aux questions banales, souris aux blagues vaseuses de mon oncle qui est déjà arrivé tout rougeaud, un coup dans le nez... Mais ma pensée est ailleurs, toute tendue vers nos retrouvailles. Merde, il est tard, Malika m'attend. Je retombe sur terre. L'après-midi touche à sa fin. Promesses de revoyure, baisers mouillés, accolades...J'attends par pudeur le départ de la cousinaille pour annoncer la nouvelle à mes parents. Je monte dans ma chambre puis je redescends avec mes sacs. Je respire un grand coup et annonce d'un souffle :

- Papa, maman, je quitte la maison.

Voilà, c'est dit. Je tremble encore un peu, ivre de Grappa et des conversations à plein régime. Mon père me dévisage, atterré. Ma mère ouvre la bouche, interloquée, elle est la première à réagir :

- Quoi ? Mais où tu vas ? T'es pas bien chez nous ?

- Si bien sûr, mais maintenant que j'ai 18 ans, je voudrais louer un appart.

- Dominique, on en a déjà parlé. On n'est pas d'accord. Tu dois commencer tes études, comment tu vas faire pour payer ton loyer ?

- On se débrouillera.

- Qui on ?

Mon père a aboyé.

- Malika et moi.

- Oh, non pas cette petite traînée qui michetonne dans les bars !

- Maman, c'est pas une *traînée*... elle travaille comme barmaid, je l'aime et je veux vivre avec elle.

- Pas question !

- Papa, j'ai 18 ans maintenant et je fais ce que je veux.

- C'est pas si simple... tant que tu fais des études et qu'on t'entretient, tu dois nous obéir.

Ma mère éclate en sanglots. Elle me sort le grand jeu : comment tu peux nous faire un coup pareil - aucune reconnaissance du ventre - des années d'amour et de sacrifice- la honte de la famille ...

Je fais le dos rond, je mets mon cerveau en veilleuse... je fais semblant d'écouter les yeux ouverts mais je ne pense qu'aux seins de Malika. Deux petits mamelons acerbes que j'agace du bout des dents. Elle rit, éclatante de beauté et s'agrippe à mes hanches. Quand je vois nos deux corps suants retomber sur les draps, je me dis pourquoi moi ? Sa taille de guêpe contre mon ventre mou, ses boucles sombres mêlées à mes baguettes de tambour... l'amour fou.

Ma mère m'apostrophe :

- Dominique, tu m'entends ?

Je me ressaisis. J'en ai marre maintenant, Malika m'attend depuis deux heures au bar du coin.

- Vous ne voulez pas que j'aille vivre avec elle parce que vous êtes racistes.

Mon père bondit sur ses pieds.

- On n'est pas racistes Nom de Dieu, mais je supporte pas que ma fille unique soit devenue homo !

Je soulève mes sacs et passe devant eux sans les saluer. Je sors en claquant la porte.

Malika, Amour fou, Amore libero, me voici, j'arrive....

Primo amore

Lundi 8h30

Oh là là...ça va être long jusqu'à ce soir. Je tiens plus en place. Depuis que j'ai embrassé ce mec, je vis sur un petit nuage. Tu te rends compte miroir, mon cher miroir... ? J'ai enfin un mec à moi, un vrai, majeur, mignon et tout ... Bon, c'est vrai qu'il faisait un peu sombre dans ce coin de la boîte de nuit mais quand on était assis tout près, j'ai bien vu qu'il avait les yeux verts... et un grain de beauté dans le cou, mammamia !

Quand je pense que je ne voulais même pas y aller aux 50 ans du club de foot... Tu te rappelles que j'ai traîné des pieds jusqu'à la dernière minute parce que je ne savais pas comment m'habiller ? C'est les parents qui ont insisté. Ils étaient tranquilles, soirée privée en boîte avec le frangin comme garde-chiourme... Bon, j'ai juste accepté parce que Giulia sort avec le gardien de but... Et d'ailleurs on s'est pas vues de la soirée : ils étaient trop occupés à se peloter dans les chiottes... Moi des fois ça me dégoûte cette obsession du sexe... J'aime bien aussi discuter avec l'autre, prendre son temps, se découvrir un peu avant de s'embrasser, quoi. Dis-donc, c'est un point noir –là ? Vite, je l'écrase... Merde, maintenant je suis toute marquée.

Ce matin j'ai pas pu aller en classe, trop excitée... j'ai dit à maman que j'avais mal à la tête. Il faut que je me prépare, physiquement... et psychologiquement. Faut que tu m'aides à paraître plus mûre... Je dois bien m'épiler sous les bras, lisser mes cheveux... Tiens je vais me faire un masque de beauté, qu'est-ce que tu en dis ? Dès que ma mère part au boulot je fonce à la salle de bains. J'ai quand même fait croire à Riccardo que j'avais dix-huit ans... Comment il aurait réagi si je lui disais que j'étais encore en seconde ? Lui il a au moins vingt ans, l'âge de Daniele, ça se voit. Je comprends pas pourquoi Giulia ne m'en a jamais parlé. Il est peut-être arrivé seulement cette année ? Faudra que je demande – discrètement- au frangin... Heureusement qu'il nous a pas vus nous embrasser, la honte, il m'aurait charriée toute la journée. Riccardo... c'est joli comme prénom... un peu vieillot peut-être. J'ai déjà demandé si on était compatibles en amour sur Google avec nos deux prénoms...45%. C'est pas un max... mais bon, j'y crois pas à ces conneries. L'amour ça se construit, pas vrai mon vieux complice ? Je lui ai déjà envoyé trois sms... C'est trop peut-être ? Le premier dès qu'on s'est quittés devant la boîte pour lui dire bonne nuit, l'autre dimanche matin pour lui dire bonjour...et tout à l'heure pour lui demander si le rancard de 21 heures était bien confirmé... Il ne m'a pas encore répondu... mais c'est sans doute une stratégie. Il me laisse mariner dans mon jus... En fait il me teste ! Et moi je ne veux pas du tout paraître impatiente et immature en le bombardant de messages. La honte. J'ai parfaitement compris son petit jeu... D'ailleurs c'est dans son caractère, j'ai bien senti l'autre soir qu'il faisait semblant de ne pas s'intéresser à moi mais il a plongé dans mon décolleté... même ses copains disaient qu'il était bourré... Oh, quelle bonne idée j'ai eu de piquer le soutif à ma mère. Noir et en dentelle... Voyons, si je rentre un peu le ventre, je fais très femme fatale... *Porcamiseria*, miroir, tu m'aides pas beaucoup... J'ai l'air d'une folle avec ces cheveux droits sur la tête !

Lundi 18h

La tension monte... Heureusement que je vais souvent dormir chez Giulia. Là j'ai dit aux parents qu'on avait un exposé de géo à préparer, ils n'y ont vu que du feu. Va quand même falloir que Dany m'accompagne en voiture jusqu'au Pub Irlandais. J'ai un peu la trouille de traverser la ville le soir en minijupe. Regarde-moi, je suis toute rouge d'émotion... Mais, cavolo, qu'est-ce que je vais me mettre ? Est-ce qu'il va m'emmener dans un endroit romantique ? Ou chez lui dès le premier rendez-vous. ? On s'est juste roulé une pelle à la fin de la soirée… et encore, c'est moi qui ai tout provoqué, il dormait debout le pauvre chou ! Aie, aie, aie… miroir, j'ai voulu jouer à la grande… ce soir je risque de passer à la casserole. Depuis le temps que j'attends ce moment-là… J'espère qu'il a des préservatifs. Je ne sais même pas s'il habite seul ou avec ses parents. Il a une moto, ça j'en suis sûre, parce que samedi comme il avait un peu trop bu, j'ai vu que ses copains l'ont empêché de mettre son casque et l'ont ramené en voiture. Au moment de partir je lui ai demandé son numéro mais lui n'a pas eu le temps de prendre le mien…Alors rouge ou rose sur la bouche ?

Diomio, merci… Je prie pas souvent mais là j'ai vraiment envie de le faire. J'avais trop besoin de tomber amoureuse. Calme plat depuis l'été dernier… ça faisait longtemps que je ne me sentais plus aussi légère. On peut pas vraiment parler de coup de foudre entre Riccardo et moi, fallait voir le contexte : la sono à fond, tous les footballeurs excités…Au début, c'est drôle, j'ai cru qu'il avait fait exprès de me tomber dessus. Il chahutait avec ses copains sur la piste puis à un certain moment, il a titubé et il est venu droit vers moi. Je l'ai évité de justesse et on s'est retrouvés côte à côte sur le divan. Là, il a fermé les yeux et il a posé sa tête contre mon épaule… Trop sweet. Et après on n'a pas arrêté de parler, enfin surtout moi, parce qu'il m'a dit qu'il avait la nausée. Oh là là…je me rends compte que plus je suis intimidée plus je parle comme une pipelette…je lui ai même raconté mes souvenirs d'école primaire !

Va bene, ça y est je suis prête… je tremble comme une feuille, dernier coup d'œil au miroir, mon cher miroir, dis-moi « merde »…je serai une femme quand tu me reverras…

Lundi 20h30

Quoi, Daniele n'est pas là ?? Le seul soir où j'ai besoin que mon frère m'accompagne en voiture, il est sorti, ce con…Ah, oui, c'est vrai il y a le match Juve-Roma, il est allé le voir au bar sur grand écran. Bon, va falloir que j'arrive au bas de l'avenue à pied, heureusement que j'ai un long manteau, ça caille ce soir.

-Dany…

- Tiens, qu'est-ce tu fous-là toi, en minijupe et maquillée comme un camion ? Tu vas tapiner ?

- Ta gueule…il faut que je te demande… ooh…

- Ben qu'est-ce que t'as ? T'as vu un fantôme ?

- Lu… lui.

- Lui ? C'est Riccardo, un nouveau défenseur du club. Il vient de Toscane. Tu veux que je te le présente ? Riccardo, viens ici, t'as tapé dans l'œil à ma petite sœur. Lola, Riccardo Riccardo, Lola.

- Enchanté mademoiselle.

- Elle était à la fête samedi, mais t'as pas dû la remarquer.

- Oh non, tu sais bien que je ne me souviens de rien, j'étais bourré comme un coing, j'avais tout mélangé.

- Ah là là, sacré Riccardo ! Alors Lola, qu'est-ce que tu voulais me demander ? Ben, ça alors… elle est déjà repartie. Ah, je te jure, les bonnes femmes, j'y capterai jamais rien.

- Pfuu… A qui le dis-tu ! Allez viens, le match commence.

Bambini

Madame la psychologue,

Je m'appelle Carlo mais tout le monde m'appelle Carletto, et maman m'a dit que je dois vous écrire une lettre pour mieux éclaircir mes idées avant de vous rencontrer vu tout ce qui s'est passé ces derniers temps.

D'abord je dois vous dire que j'ai bientôt 8 ans, le 9 décembre prochain exactement, et contrairement à ce que pense mon grand frère Alessandro qui a 13 ans et fait rien que m'abaisser, je ne me sens plus du tout un petit enfant.

On peut dire que notre mauvaise période a commencé avec la disparition de papa à la fin de l'été dernier, juste avant la rentrée des classes même que je devais aller avec lui m'acheter un nouveau cartable mais qu'il est jamais venu me chercher… c'est les carabiniers qui ont ramené notre voiture et ses affaires bien pliées et même son portefeuille avec une lettre pour maman qui a beaucoup pleuré. Mamie m'a dit qu'il est parti pour un monde meilleur mais moi je me demande, premièrement, s'il connaît un monde meilleur, pourquoi il nous a pas emmenés avec lui et, deuxièmement, si c'est vrai, comment il a fait sans ses vêtements ni ses chaussures et surtout sans son portefeuille ? Moi je crois plutôt qu'il est parti très loin chercher du travail, qu'il a émigré comme ils disent à la télé mais que personne ne veut me le dire pour pas me faire de peine. D'ailleurs, depuis qu'il n'est plus là, les gens sont beaucoup plus gentils avec moi : mamie me téléphone tous les jours, la maîtresse m'a dit que c'est pas grave si je fais des fautes à mes dictées et même Alex a accepté que je joue avec son ballon de basket tout neuf. Parce que le basket c'est ma passion et je voudrais beaucoup devenir basketteur professionnel. Mais revenons à nos moutons comme dirait la maîtresse quand on parle d'autre chose.

Peu après le départ de papa, on a eu des nouveaux voisins. Maman était bien contente parce que la maison d'à côté était inhabitée depuis longtemps et elle a dit comme ça que maintenant elle se sentirait moins isolée. On a vu arriver une famille de quatre personnes : le père, la mère, une fille plus ou moins de mon âge et une autre toute petite qui ne marchait même pas. La fille, je l'ai à peine saluée mais je l'ai retrouvée le lendemain à l'arrêt du car et ma mère nous a carrément poussés l'un contre l'autre pour qu'on devienne « amis ». C'était un peu la honte de parler avec cette fille devant tous les copains, mais bon, pour faire plaisir à maman qui va pas très bien en ce moment, je me suis assis à côté d'elle et je lui ai demandé son nom. Elle m'a répondu Lucrezia, et j'ai dû lui faire répéter car j'avais pas très bien compris. C'est un prénom très ancien d'origine romaine a dit la maîtresse quand elle s'est présentée en classe, oui, parce qu'en plus Lucrezia est inscrite dans ma classe.

Le jour même, nos deux mamans ont improvisé un goûter dans notre jardin et j'ai dû jouer avec elle. Au début, j'étais pas trop chaud, surtout que mon frère qui partait à son entraînement de basket s'est bien moqué de moi en passant, mais comme j'avais vu à la récré que c'était une fille pas comme les autres, c'est-à-dire pas bavarde ni mijaurée alors j'ai accepté. Parce que là, il faut que je vous décrive un peu le physique du personnage comme dirait ma maîtresse : Lucrezia est petite et brune, elle a la peau mate et de grands yeux vachement noirs et la chose bizarre, c'est qu'elle ne sourit presque jamais. Et elle parle très peu aussi et surtout elle aime bien regarder. En fait, elle est tranquille comme nana et reposante. J'ai pu faire mon entraînement de basket tout seul contre le mur du garage et elle a pas protesté qu'elle s'ennuyait. Au contraire, elle m'a regardé et ça m'a fait plaisir d'avoir un peu de public et j'ai un peu frimé pour lui montrer toutes les passes que je connais pour marquer des paniers. Après, comme j'avais bien chaud, on a bu un coup de coca et je lui ai fait visiter notre jardin qui est très grand ; maman s'en occupe peu depuis que papa est parti, alors c'est la vraie jungle mais moi je l'aime bien pour ça. Je lui ai fait voir mon coin secret. On a joué à la torture. C'est un truc que j'ai appris en colo cet été avec des grands du collège : tu trouves des insectes ou d'autre bestioles et tu inventes une torture pour les faire crever lentement. C'est super amusant. Je me suis demandé si Lucrezia allait être dégoûtée comme l'étaient les filles de la colo, mais en fait pas du tout, elle m'a regardée très attentivement et elle m'a même aidée à trouver les fourmilières où mettre le feu avec le briquet que papa a laissé au garage. Après, les mamans nous ont appelés et on a dû rentrer mais je dois dire qu'on avait passé une bonne après-midi ensemble. Quelques jours après, Lucrezia est revenue passer un samedi chez nous, j'ai entendu maman qui disait à sa mère : « Ben si on s'aide pas entre femme seules, alors… » mais je comprends pas pourquoi elle a dit ça puisque Lucrezia vit avec ses deux parents. Heureusement que sa petite sœur n'était pas là parce que je l'entends pleurer parfois le soir à travers la cloison et même si je râle contre Alex qui me pique mon argent et mes bonbons, ça doit être vraiment pénible de supporter un bébé qui ne parle même pas. Enfin, ce jour-là on s'est amusés encore mieux : il avait plu pendant la nuit et il y avait plein de vers de terre qui grouillaient sous les feuilles. Je suis rentré en catimini (c'est une expression qu'on vient d'apprendre à l'école) dans la chambre de ma mère pour lui emprunter sa pelote d'aiguilles et on s'est trop marrés avec Lucrezia à épingler les vers de terre contre l'écorce des arbres. Fallait voir comme ils se tortillaient, surtout les plus gros, on devait les piquer en plusieurs endroits. On a joué jusqu'à la nuit et je crois que c'est ce jour-là que j'ai pensé que Lucrezia jouait vraiment bien comme un garçon. Après elle est revenue plein d'autres fois et on a inventé d'autres tortures comme arracher les ailes aux papillons, les pattes aux mille-pattes, couper la queue des lézards, percer le ventre des coléoptères (c'est elle qui m'a dit leur nom) ça gicle, c'est vraiment drôle.

Et puis un dimanche, quand on est rentrés de chez mamie, on a vu une énorme fumée noire qui partait de notre rue. Il y avait des voisins partout, la police, les pompiers exactement comme aux infos à la télé. On nous a dit que c'était la maison de Lucrezia qui brûlait et que par sécurité on pouvait pas approcher de la nôtre. Maman s'est mis à pleurer et a demandé où étaient les habitants et on lui a dit qu'ils avaient tous été transportés à l'hôpital. On a dû retourner dormir chez mamie.

Ce n'est que le lendemain que j'ai su que la famille de Lucrezia était morte et qu'elle était la seule survivante. Ça m'a fichu un choc de penser qu'elle aurait pu mourir elle aussi. Elle est restée longtemps à l'hôpital et on n'a même pas pu aller la voir parce qu'ils la soignaient dans un service spécial pour grands brûlés où tout devait être désinfecté. Personne ne sait ce qui a pu déclencher l'incendie. Ils en ont même parlé le soir à la télé.

Maintenant Lucrezia vit dans un orphelinat et on ne s'est revus qu'une seule fois. Elle m'a dit qu'elle aussi doit parler avec un psychologue depuis qu'on a trouvé le corps de sa petite sœur transpercé d'aiguilles. Nous on habite encore un peu chez mamie parce que maman a besoin de reprendre des forces et elle mange des médicaments. J'espère que Lucrezia pourra bientôt revenir jouer avec moi, il faut que je lui dise que dans le jardin de mamie, il y a une fourmilière encore plus haute que celle de mon jardin. J'ai déjà piqué les allumettes dans la cuisine, en catimini.

J'ai fini madame la psychologue et je vous dis à bientôt.

Maternità

Une chaleur moite oppresse le commissariat de La Rustica, banlieue - est de Rome, quartier dortoir où les brebis paissent sous les pylônes. Gabriella De Santis vient de reprendre son service après un an de congé maternité. Ce fut dur de quitter son petit Lorenzo juste après la tétée du matin en l'abandonnant aux bras vigoureux de sa belle-mère. Gabriella s'empêche d'appeler chez elle toutes les vingt minutes. Elle force son esprit à se ré-intéresser à l'épaisseur des dossiers amoncelés sur son bureau, à la crasse du lino et au grincement du ventilateur... Les collègues ont été sympas : cadeaux de bienvenue, embrassades et compliments sur ses gros lolos mais après les effusions des retrouvailles, chacun est retourné au boulot. La sonnerie du téléphone la fait sursauter :

- Inspecteur De Santis, j'écoute.

- Ici le marché couvert de La Rustica. On voudrait dénoncer un vol et une agression. Un collègue a reçu un coup sur le crâne et on lui a piqué des caisses pour plusieurs centaines d'Euros. Encore ces putains de Roms et leurs sales gamins. Vous pourriez pas envoyer quelqu'un ?

- On arrive.

Gabriella raccroche en soupirant. Voilà une journée qui commence mal : l'éternel conflit entre les habitants du quartier et le camp Rom d'un kilomètre carré qui longe la voie ferrée. Elle appelle Biondini, le moins raciste de ses adjoints, et s'engouffre dans la voiture blanche et bleue.

Un attroupement s'est formé autour d'un étalage. Les clients vocifèrent à qui mieux mieux. Les vendeurs de fruits et légumes attendent l'air hargneux, les poings sur les hanches. L'un d'eux presse un mouchoir sur son arcade sourcilière qui pisse le sang.

Gabriella salue les vendeurs d'un hochement de tête. Le plus virulent d'entre eux, un costaud à la face cramoisie, a un mouvement de recul : - C'est vous le chef ?

- Inspecteur De Santis et voici mon adjoint, l'agent Carlo Biondini. Je vous écoute, qu'est-ce qui s'est passé exactement ?

Le blessé prend la parole : - Ils m'ont attaqué pendant que je déchargeais mon fourgon.

- Qui « ils » ?

- Les gamins Roms, ces petits fumiers.

– Vous les avez vus ?

- Bien sûr, ils viennent toujours traîner autour des camions, pour réclamer les fruits pourris ou pour donner un coup de main, qu'ils disent. Mais ce matin ils ont vu que j'étais tout seul parce que mon collègue est malade. Ils en ont profité pour me pousser à terre dès que j'ai eu le dos tourné et ils m'ont piqué au moins trois cagettes de fruits, ces salopiots !

- Comment vous appelez-vous ?

- Foriglio Giuseppe.

- Qu'est-ce que vous vendez ?

- Melons, pastèques, pêches et brugnons.

- Et vous vous êtes blessé en tombant ?

- Pour sûr, j'ai pas eu le temps de mettre les mains en avant…

- Donc ils vous ont pas fendu le crâne ? souligne Gabriella en jetant un coup d'œil à la grande gueule du groupe qui lui avait parlé aussi de centaines d'Euros.. Allez –vous faire soigner, puis vous passerez signer une déposition au poste ; en attendant on va prendre votre nom et adresse et mon collègue et moi on va faire le tour du quartier.

- C'est ça oui- éructe le gros rougeaud- promenez-vous pendant que les honnêtes gens se font dévaliser et casser la gueule. Mais *porcaputtana*, il faudrait faire un grand nettoyage ici, vous voyez pas que les Roms sont en train de nous marcher dessus ?

- Ouais, *cazzo*, on n'est plus chez nous. Renchérit la petite foule en colère. Il faut tous les arrêter, qu'ils dégagent, dehors les étrangers…

Gabriella et son adjoint remontent en voiture après que celui-ci ait noté les coordonnées de Foriglio, le vendeur blessé. Elle est soulagée de quitter cette foule haineuse. Depuis qu'elle a accouché elle ne supporte plus ni cris ni violence. Carlo les conduit habilement dans un dédale de ruelles. Au centre-ville, aucune trace des gamins. Personne au parc, ni près des fontaines où ils traînent souvent. Avec cette chaleur poisseuse de début d'été, ils se sont comme volatilisés. Pas un indic en vue. Trop tôt pour le bar de l'Avenue où les délateurs jouent au loto sportif. Les deux policiers débouchent sur un no man's land hérissé de béton typique des banlieues romaines. Ils longent la voie ferrée jusqu'à l'entrée du camp Rom.

- Gare-toi là.

Un accord tacite passé avec Alan le patriarche, oblige la police à se garer à l'extérieur du campement. Baraques, bungalows, cabanes de contreplaqué toutes surmontées d'antennes paraboliques. Un point d'eau, quelques toilettes en dur. Le camp Rom de La Rustica est l'un des plus grands d'Europe. Les deux policiers s'avancent dans l'espèce d'allée centrale. Une nuée de gamins aux pieds nus court à leur rencontre. Quelques vieilles femmes sur le pas de leur porte lavent du linge ou cuisent du frichti sur des butagaz. Le camp semble désert en cette fin de matinée. Toujours commencer par le chef.

- Bonjour. Alan n'est pas là ?

On leur explique que tous les hommes sont partis à un mariage, plus au sud dans le Latium. Déçue, Gabriella hoche la tête. Un vagissement de nouveau-né fait dresser la pointe de ses seins. Elle sent monter son lait comme s'il s'agissait de Lorenzo qui réclame son dû. Guidée par les pleurs, elle s'approche d'une cabane mal en point. Elle écarte le pan de tissu qui sert de porte d'entrée. Au bout de quelques secondes elle distingue une très jeune fille aux yeux immenses qui serre un tout petit bébé dans ses bras.

- Bonjour, il a faim ?

L'adolescente secoue sa crinière bouclée. Deux grands cernes mangent son visage.

- Non, il vient de téter et il fait que pleurer.

Gabriella fait deux pas en avant ; la jeune maman a un mouvement de frayeur et regarde par-dessus l'épaule de la femme en uniforme.

- Biondini, attends-moi dehors.

Le jeune homme s'exécute et son supérieur peut s'asseoir sur le bord du lit crasseux.

- Fais-moi voir.

Elle saisit délicatement le tout petit du bout des doigts. Surpris, l'enfant s'arrête un instant de pleurer puis recommence à geindre dans l'alcôve de ses bras.

- Il a quel âge ?

- Trois mois.

Deux de moins que Lorenzo. Une rigole de sueur coule entre les seins de Gabriella qui picotent sous l'uniforme. On étouffe dans cette baraque.

- Masse-lui le ventre, comme ça.

Quelques minutes plus tard, l'inspecteur ressort en nage de la cabane en tôle. Elle lance à son adjoint :

- Appelle le blessé et dis-lui qu'on a retrouvé ses cagettes.

- Qu...quoi ?

- Elles sont planquées sous le lit, pêches et melons, marquées Foriglio.

- Mais comment vous avez compris qu'elles étaient là ?

- Colique du nourrisson : la mère a mangé trop de fruits ce matin, surtout des melons... et le lait est indigeste. Ça m'est arrivé à moi aussi le mois dernier.

-Sacrée bonne femme, pense Carlo Biondini. Dommage qu'elle soit flic...

Vita

Un premier soleil de printemps joue avec le verre de ma montre bracelet. Une heure déjà que nous poireautons dans la salle d'attente d'un des plus grands spécialistes des « grossesses tardives ». Maurizio se bouffe les ongles de ne pas pouvoir fumer, Giulio presse machinalement les mains de sa femme et va de mes yeux à mon ventre rond. Je le rassure d'un sourire :

- Tout va bien…Je dois seulement retourner faire pipi.

Ils se lèvent tous trois d'un bond.

- Eh, doucement, je ne suis pas malade. Tiens Maurizio, prends mon sac, je reviens tout de suite.

Après le passage aux toilettes, la porte du cabinet s'ouvre enfin. C'est une nouvelle infirmière qui ne me connaît pas :

- Signora Barone ?

- Oui, c'est moi.

- Suivez-moi, s'il vous plaît.

- Et nous ? s'enquit Giulio d'une voix chevrotante.

- Désolée, deux personnes à la fois, pas plus.

Maurizio m'emboîte le pas. Je salue Giulio et Fanny d'un petit signe de la main.

- A tout à l'heure.

Le gynécologue se lève à mon entrée ; Antinori est archi célèbre mais reste simple et cordial.

- Signora Barone, bonjour ! Il me tend sa main manucurée. Signor Barone. Ils échangent une poignée virile.

- Alors, comment vous sentez-vous ?

- Assez bien...un peu fatiguée peut-être. Après le repas de midi, j'ai toujours un coup de pompe et je dois m'allonger.

- C'est normal...petite chute de tension durant la digestion. Vous entrez dans le troisième trimestre maintenant !

-Oui, ça commence à peser !

L'infirmière mesure ma tension pendant que je réponds au médecin.

- Combien de kilos avez-vous pris ?

- Sept ou huit... peut-être un peu plus.

- Hmm...va falloir contrôler ça, à votre âge, il ne faudrait pas exagérer avec la prise de poids.

- Pour mon premier je n'avais pris que dix kilos en tout.

- Eh ! Mais c'était il y a trente ans ! Votre métabolisme a changé depuis...

- Oui, je sais. Mon mari pense encore que c'est de la folie, pas vrai Maurizio ?

- Disons que je suis très inquiet pour l'accouchement. Je me souviens que tu avais beaucoup souffert pour la naissance de Giulio, hémorragie et compagnie...

- Ne vous inquiétez pas, le rassure le gynécologue – Claudia (je peux vous appeler Claudia ?) accouchera par césarienne programmée. Votre épouse est en bonne santé...sinon je n'aurais pas accepté de la suivre...et pour tout vous dire, c'est la plus jeune de mes patientes !

Maurizio écarquille les yeux :

-Vraiment ?

- Bien sûr…Je ne sais pas si vous avez fait attention à la dame qui vient de sortir ?

- Euh…oui, vaguement-répondis-je en me remémorant une petite dame aux cheveux mauves et bouclés.

- Eh bien, elle a soixante-deux ans et après une de mes cures hormonales, elle attend des jumeaux !

Maurizio ravale sa salive.

- Allez, montez-là, je vous fais une échographie.

J'ôte mes chaussures, grimpe sur l'escabeau puis m'allonge sur le lit d'examen.

L'infirmière baisse mon jogging, découvre mon ventre veiné de vergetures puis avertit :

- Attention, c'est froid.

Elle répand du gel sur ma peau et le gynéco empoigne le manche de l'échographe.

- Alors, voyons un peu ce que dit notre petit locataire.

Je lui souris puis jette un coup d'œil à mon mari debout au pied du lit, qui fixe l'écran d'un air tendu.

- Oh, là, là…ça gigote par ici.

Le médecin prend les mesures du fœtus.

- Vous avez reçu les résultats de l'amniocentèse ?

- Oui, bien sûr, vous étiez en vacances, j'ai parlé avec votre remplaçante.

- Alors tout va bien… D'après mes calculs, le bébé devrait naître autour du 15 mai.

- Le 16 mai c'est l'anniversaire de notre fils.

- Alors va pour le 16. Rita, quel jour ça tombe ?

- Un lundi, dottore.

- Parfait, inscrivez la Signora Barone, césarienne pour une petite… ?

- Ah, ce n'est pas encore décidé.

- Bon, eh bien rhabillez-vous. Votre tension est normale, les analyses aussi. Réduisez le sucre…et faites un peu plus d'exercice. Si vous prenez plus de dix kilos avant le 15 avril, revenez me voir et on établira un régime.

- Merci docteur, alors au mois prochain.

- Oui, au revoir.

Giulio nous attend debout dans la salle d'attente, sa petite femme collée contre lui.

- Alors ?

Oh, ce regard inquiet…les mêmes yeux que son père.

- Tutto va bene !

- Oh Mon Dieu, merci !

Il me serre dans ses bras et j'en profite pour lui souffler à l'oreille :

- Elle va naître le 16 mai, pour ton anniversaire.

Il sursaute puis me serre de nouveau dans ses bras :

- C'est le plus beau cadeau que tu puisses me faire : être papa le jour de mes trente ans.

Fanny intervient d'une petite voix émue :

- Je crois qu'on l'appellera Claudia, comme sa grand-mère porteuse.

Je lui souris :

- Comme moi ? Ah c'est bon la vie…

Esorcismo

- Bonjour mon Père. Je connais vos talents d'exorciste et je suis bien content que vous puissiez me recevoir, je sais que vous êtes très demandé dans le pays...Je m'excuse d'avoir insisté.

- Bonjour mon fils...ne vous excusez-pas, cela avait l'air si urgent.

- Oui...cela l'est en effet et je ne sais plus à quel saint me vouer...si je peux me permettre.

- Asseyez-vous, je vous en prie. De qui s'agit-il ?

- De ma femme.

- Hmm...

- Je trouve...enfin, depuis quelques mois...Mon Dieu, je me sens tellement ridicule...

- Parlez sans crainte, je vous écoute.

- Eh bien voilà : depuis quelques mois, Sofia...enfin, ma femme, est devenue étrange.

- C'est-à-dire ?

- Elle qui était si vive et si joyeuse ...elle est devenue distante et même taciturne. Elle oublie de faire à manger et néglige le jardin et la maison. Elle peut rester des heures sans me parler ni me regarder. Elle fixe un point au loin et remue ses lèvres en silence. Parfois elle parle toute seule, puis secoue la tête...sincèrement je suis inquiet. Je me demande si elle n'est pas possédée...

- Est-elle devenue agressive ?

- Non, pas du tout…même si elle me répond un peu brusquement quand je la tire de ces espèces de mutismes…

- A-t-elle des visions ?

- Je ne crois pas…ou du moins elle ne m'en a jamais parlé.

- Entend-elle des voix ?

- Vous voulez dire comme Jeanne d'Arc ?

- Oui, ne vous donne-t-elle pas l'impression de s'interrompre à l'improviste dans ce qu'elle fait pour suivre une voix intérieure ?

- Mon Dieu, je ne sais pas…. Mais il est vrai que parfois ses yeux s'agrandissent comme des soucoupes et un sourire béat monte à ses lèvres sans aucune raison…J'en serais même un peu jaloux si je n'avais une totale confiance en elle.

- Votre femme est-elle une bonne chrétienne ?

- Mais oui, mon Père, je vous assure, nous allons tous les dimanches à la messe…enfin presque, quand il n'y a pas les matchs de foot de mon fils…

- Vous êtes sûr que votre épouse est fidèle ?

- Sûr et certain mon Père, je l'ai même faite suivre pendant une semaine…c'est un peu honteux, je l'avoue, mais j'étais rongé par le soupçon. Comprenez-moi, on dirait qu'elle vit dans une autre dimension !

- Conclusion ?

- Eh bien, rien du tout…dès que Sofia a accompagné les enfants à l'école et fait les courses, elle court s'enfermer dans notre chambre !

- Ah bon ? Et qu'est-ce qu'elle y fait toute la journée ?

- Elle ECRIT, mon Père, elle ECRIT nuit et jour et remplit des cahiers que je n'ai même pas le droit de lire ! N'est-ce pas une sorte de possession ?

- Sans doute oui…mais ce n'est pas à moi que vous devriez vous adresser.

- Ah non ? Et à qui alors ?

- A un éditeur. Bonne journée mon fils et allez-en paix.

Sommaire

De l'auteur :

Retour à Piazza Clai - Ritorno a Piazza Clai
Récit en version bilingue primé en avril 2012 lors du concours Chroniques Urbaines
Aux éditions www.letextevivant.fr en version papier et eBook

Colombe, vole ! in *Itinérances*, recueil collectif de nouvelles
5ᵉ prix du concours de Nouvelles Itinérances en février 2013
Aux éditions Edit'O disponible en version papier sur http://editoleron.unblog.fr

Sous le pseudo Clara Arno :

Sous la plume d'Eros et *Commedia et passion*, deux récits érotiques, disponibles sous forme d'eBook auprès des Editions Numériklivres - http://sextasycollection.net/

Suivez Claire Arnot sur Facebook sur sa page *L'artdelachute* où l'auteure propose un court texte surprenant tous les jours.